福尔摩斯
探案全集
The Complete Sherlock Holmes

近百年来全世界最畅销的侦探小说！
永远的福尔摩斯是历史上最受读者推崇的，绝对不能错过的侦探之王。
读者在匪夷所思的事件、扑朔迷离的案情、心思缜密的推理、惊奇刺激的冒险中
尽享侦探小说的独特魅力！

The Complete Sherlock Holmes

福尔摩斯探案全集 6

失踪的中卫
第二块血迹

（英）柯南·道尔／著
王逢振 等／译
Sir Arthur Conan Doyle

山东人民出版社
全国百佳图书出版单位 国家一级出版社

图书在版编目（CIP）数据

失踪的中卫·第二块血迹 / (英) 柯南·道尔著；王逢振，许德金等译 . — 济南：山东人民出版社，2014.6
（福尔摩斯探案全集）
ISBN 978-7-209-08210-5

Ⅰ. ①失… Ⅱ. ①柯… ②王… Ⅲ. ①侦探小说 – 小说集 – 英国 – 现代 Ⅳ. ① I561.45

中国版本图书馆 CIP 数据核字 (2014) 第 034871 号

责任编辑：王　路

失踪的中卫·第二块血迹
(英) 柯南·道尔　著　王逢振　许德金　等译

山东出版传媒股份有限公司
山东人民出版社出版发行
社　址：济南市经九路胜利大街 39 号　邮 编：250001
网　址：http:// www.sd-book.com.cn
发行部：（0531）82098027　82098028

新华书店经销
山东海蓝印刷有限公司印装

规　格　16 开（170mm × 240mm）
印　张　10
字　数　150 千字
版　次　2014 年 6 月第 1 版
印　次　2014 年 6 月第 1 次
ISBN 978-7-209-08210-5
定　价　24.80 元

译　序

王逢振

福尔摩斯是一个塑造得十分成功的人物典型。从他身上反映出的侦探经验和方法，至今仍有一定的借鉴意义；欧美一些警察学校，现在还常常选用福尔摩斯的一些案例作为考题或案例分析的楷模。概括起来，大体上有下面几点：

一、福尔摩斯十分重视调查研究。他对自己所承办的案件，几乎毫无例外地要到现场进行仔细勘查，即使是未烧完的纸团、灯花的形状也不肯放过。他善于从各个方面对案例进行分析，“很镇静地运用思绪，正像弈棋的好手，深谋远虑地挪动他的棋子一般”。在分析研究的基础上，他进而提出一定的假想，指出矛盾和问题，带着这些矛盾和问题，进一步深入调查，然后仔细研究，剖析案情，解决问题。

二、福尔摩斯对待案子极端热情、认真。他常常不避艰险，废寝忘食，深入虎穴，侦查案情，有时深夜里到贼巢进行查访，有时甚至在自己身上进行毒气实验。他认真观察人物的言谈举止、面部表情，对周围的环境、人们的反映、报纸的新闻和广告，他都进行仔细地了解。哪怕是家具的摆设，家禽家畜的叫声，他也与案情联系起来考虑。正因为如此，他对案情的判断都能列出令人信服的事实根据。

三、福尔摩斯善于运用心理学和逻辑学。他观察人们的心理活动，把心理活动与证据材料密切联系起来，进行周密的逻辑推理，梳理案情的脉络，抓住要领，进行充分的研究，然后再做出判断。另外，福尔摩斯十分注意搜集和积累资料，从各种案例到报纸杂志，只要案情需要，他都可以信手拈来，查阅参考。他还对犯罪学和法医学进行必要的学习和研究，不断扩充自己的知识，这对他的破案活动也起了十分有益的作用。

福尔摩斯的探案经验和侦查方法，对于我们今天的公安、司法工作，仍然具有一定的借鉴意义。

但是，福尔摩斯并不是一个真实存在的侦探，小说也不是专门总结他一生的侦查经验，因此福尔摩斯身上存在着许多虚构成分。这主要表现在神秘主义方面。几乎所有的故事，都存在着“魔鬼的烙印”。尤其在《归来记》之后的作品里，这一缺陷更为明显，好像从“脸部的变动、眼光的变化、嘴唇的闭合、拳头的握紧或松开”，都可以正确地判定一个人的思想活动，判断一个案件的因果。这在一定程度上反映了作者已经失去创作这类故事的热情，只是为了满足出版者和读者的愿望，凭着主观想象臆造出来。这正是柯南·道尔1902年以后的作品不及以前的作品成功的原因。另外，作者处处宣扬福尔摩斯个人的侦查才能，好像在探案方面他是一个无所不能的天才，一切案件的侦破似乎全是单枪匹马、完全是个人的功劳。而且在后来的作品里，他常常凭着自己的想象就能对各种案件做出正确的判断。这种孤立的、主观主义的因素，无疑是不足取的。

在《福尔摩斯探案全集》中，柯南·道尔虽然涉及社会上的犯罪问题，客观上反映了当时一些社会情况，但毕竟不是有意识地描写社会现实、提出社会上的道德问题和犯罪问题，而只不过是借用这些问题(或者虚构一些这方面的问题)，创造一系列引人入胜的故事罢了。正如西方评论家戈德史密斯所说：“一本书可以有上百条谬误，但它却十分有趣。”因此即使柯南·道尔的福尔摩斯缺乏深刻的、真正的社会意义，但其创作侦探小说的艺术技巧依然对后来产生了相当大的影响。用华生回忆并直接参与侦探的手法，使人觉得像听故事一样舒适；把行动与知识结合起来，进行逻辑推理，使人感到真实可信；对惊险场景的构思和描写，常常为今天的侦探小说所借鉴。

虽然正统的文学史对柯南·道尔和他的侦探小说不予重视，但是随着欧美侦探小说的不断流行和发展，近些年来，一些西方批评家开始对他进行新的估价，柯南·道尔作为侦探小说早期的重要作家，侦探小说作为风靡欧美的一个文学流派，两者都应该在文学史上占有适当的位置。

2010年3月

目　录

福尔摩斯
探案全集
The Complete Sherlock Holmes

查尔斯·奥古斯都·米尔沃顿的故事

我要讲述的这件事情已经过去多年，但我现在提及仍然略带犹豫。在相当长的时间里，就算用最谨慎最小心的方式，我也很难将此事公之于众。但现在主要的相关当事人已不会再受到法律制裁，而且我会对故事细节做一定的删减，只有这样才不会伤害现实生活中的任何人。这个故事是福尔摩斯先生和我本人的职业生涯中一次绝无仅有的经历。为避免让读者有迹可循而追查到真相，请原谅我在讲述中隐去事件发生日期或其他一些细节。

事情发生在一个阴冷有雾的冬日傍晚，大概六点钟，福尔摩斯先生和我刚刚散步回来。福尔摩斯打开灯，光线照亮了桌子上的一张名片。他瞟了一眼卡片，厌恶地哼了一声，把它扔在地板上。我拾起名片读着：

查尔斯·奥古斯都·米尔沃顿

代理商

阿普尔多尔大宅，汉普斯蒂德

“他是谁？”我问道。

“全伦敦最坏的家伙。”福尔摩斯一边回答，一边坐下来把腿伸到火炉前，“卡片背面写了什么没有？”

我翻转卡片读道：“我将于晚上6:30前来拜访。——查尔斯·奥古斯都·米尔沃顿。”

“哼，就快要来了。你有没有察觉到一股令人毛骨悚然、汗毛倒竖的感觉？华生，这种感觉就像是当你站在动物园的蛇笼前面，看着那些长着凶残的眼睛和邪恶的扁平脑袋的，浑身滑溜溜的，满地爬来爬去的有毒生物一样。唉，这就是米尔沃顿给我的感觉。在我的职业生涯中，我曾经和五十个谋杀犯打过交道，但即便是其中最恶劣的人也没有这个家伙那样令我反感。然而我却无法避免要和他打交道——因为事实上，是我约他到这儿来的。”

“但他到底是什么人啊？”

“我告诉你，华生。他是勒索界之王。老天都在帮他，更何况秘密和声誉都被他掌控的那些女人，更加助纣为虐。他总是口蜜腹剑、铁石心肠地压榨她们，直到把她们的油水榨干。这个家伙是这一行的天才，如果干正当行业一定能有所作为。他的招数是这样的：他放出消息让别人知道，他准备出高价搜集各种有用的信息，来威逼那些有钱有势的人就范。他不但能从一些不牢靠的仆人那里得到消息，更多的还是从混迹于上流社会的无赖那里获得消息，而这种人通常都能获得那些容易轻信别人的贵妇的信任和喜爱。他出手很大方，我知道有一次他花了七百英镑从一个侍从那里买了一张只有两行字的字条，其结果是彻底毁掉了一个贵族家庭。市里坊间的各种消息，他都能搞到手。在这个伟大的城市里，不少人对他的大名都是闻之色变。没人知道他下一次要对谁下手，因为他钱多又狡诈，不必为糊口而奔走，因此他往往能把一张王牌捏好几年，直到觉得桌上的筹码值得他动手为止。我刚才说过，他是伦敦最坏的家伙，但是我要问你，人们怎么会把他比作流氓呢？流氓只会狂暴地打老婆，而他会有条不紊地折磨对方的灵魂，刺激对方的神经，从而使他鼓鼓的钱袋再鼓一点。”

我很少听到我的朋友说话时的言辞如此激烈。

“但是有一点是肯定的，”我说，“这家伙迟早会受到法律的制裁吧？”

“从法律上讲这毫无疑问，但实际上却不可能。举例来说，有哪个女人愿意为了把这家伙投入监狱关几个月而葬送自己的幸福呢？这对她们没好处，因此他下手的对象没人敢还击。但是只要他勒索的对象是个清白的人，那我们肯定会将他绳之以法，但是这家伙像魔鬼一样狡猾。没办法，我们只能另外想办法来收拾他。”

“那他来这儿干吗？”

“因为有一位身份显赫而令人同情的委托人让我接手她的案子。她就是上个社交季最美丽的社交新秀伊娃·布莱克威尔女士。她两个星期后就要嫁给德佛考特伯爵了，但她有几封言辞稍显轻佻的书信落在了这个恶魔的手里。这几封信是写给一个年轻的穷乡绅的，只是言辞有点轻佻，并无大碍。但是这些信却足以毁掉这个姑娘的婚姻，因为如果米尔沃顿勒索不到一大笔钱，他就会把信寄给伯爵。我受委托要见见他，并尽可能同他讨价还价。”

这时街上传来一阵马车的声音。我往下一看，看到一辆华丽的双驾马车，良种栗色马的马背油光水滑，反射着闪耀的灯光。一个男仆打开车门，从车上下来一个矮矮胖胖的男人，穿着一件蓬松的羊羔皮外套。一分钟以后，这人进来了。

查尔斯·奥古斯都·米尔沃顿，五十来岁，大大的脑袋透着狡黠，圆圆肥肥的脸刮得很干净，嘴角一直挂着僵硬的笑容，两只灰色的眼睛从宽边金丝眼镜后面闪出敏锐的光。从外表来看，他倒像个匹克威克先生那样仁慈的人，可是他那僵硬的、虚伪的笑容，以及他那四下打探的、目光尖锐的双眼却撕掉了这层假象。他的声音听起来温文尔雅，外表看起来也很彬彬有礼。他一边走上前来，一边伸出他的胖手，嘴里念叨着他上次来访没遇到我们而感到很遗憾。福尔摩斯先生面无表情，无视他伸过来的手。米尔沃顿笑着的嘴咧得更大了，他耸耸肩脱掉大衣，仔细地搭在椅子靠背上，然后坐了下来。

“这位先生在这里，”他说着朝我的方向指了指，“妥当吗？不要紧吗？”

“华生医生是我的朋友兼搭档。”

“那很好，福尔摩斯先生。我这样问只是出于为你的委托人的利益着想。这件事可是非常的微妙……”

“华生医生已经听说这件事了。”

“那我们就直奔主题吧。你说你是伊娃女士的代理人，那她是否授权你接受我的条件呢？”

“你的条件是什么？”

“七千英镑。”

“没有其他选择了吗？”

“我亲爱的先生，商量这种事情对我是种苦差事，但是如果我十四号

拿不到钱，她十八号的婚礼就得泡汤。”他脸上那种令人难受的笑容这时更加扬扬自得。

福尔摩斯想了一会儿。

“在我看来，”他说，“你对这件事太想当然了。对那些信的内容，我当然是非常了解的。我的委托人肯定会采纳我的建议。我会建议她向未婚夫坦白整件事，并期望他能宽宏大量。”

米尔沃顿轻轻笑了笑。

“你显然并不了解伯爵这个人。”他说。

从福尔摩斯脸上困惑的表情来看，他肯定不了解伯爵的为人。

“这些书信能有什么危害呢？”他问。

“这些信的内容让收信人很愉快——非常愉快，”米尔沃顿说，“与这位女士鱼雁传书是很令人着迷的事情。但我敢打赌，德佛考特伯爵可不会欣赏这些信。但是，既然你另有高见，我们就静观其变好了。这只不过

是一桩生意。如果你认为把信交给伯爵对你的委托人最有利的话，你是不会傻到要花这么一大笔钱把信换到手的。”他说完就站起身去拿他的外套。

福尔摩斯有点恼羞成怒，脸色发白。

“等等，”他说道，“别急着走。我们应该尽量避免这件事演变成一桩丑闻。”

米尔沃顿又重新坐回他的椅子上。

“我就知道你会明白的。”他嘟哝着。

“但是，”福尔摩斯接着说，“伊娃女士并不富有。我可以向你担保，两千英镑就足以使她倾家荡产了，你要求的金额远远超出了她的承受能力。因此，我恳请你要价不要太高，按我出的价把信退给我，这个价钱是你能得到的最高价了。”

米尔沃顿笑得更欢了，眼睛还滑稽地眨着。

“我知道你说的关于这位女士的财力问题是真的，”他说，“但是你也应该承认：对于这位女士的亲朋好友而言，她的大喜日子正是他们该出力帮忙的时候啊。说不定，他们正在犯愁要准备什么样的结婚礼物才能拿得出手呢。我可以让他们知道，买下这一小捆信比送全伦敦的任何大烛台和黄油碟都更能让新娘感到高兴呢。”

“这不可能。”福尔摩斯说。

“天呐，天呐，多么不幸啊！”米尔沃顿一边喊道，一边掏出一个厚重的笔记本，“我忍不住回想起那些听从别人的胡乱建议而不做任何努力的女士们。看看这个！”

他拿起一张信封上盖有徽章的小纸片说：“这个是属于……呃，也许在明天早上之前就说出主人的名字很不公平，但是到那时，它就会被交到这位女士的丈夫手里。这一切都只能怪她舍不得花一点点微不足道的钱。其实只要她肯把她的钻石换成便宜点的人造宝石就足够了。这确实太遗憾了。现在，你想起来了吗？尊敬的迈尔斯小姐和杜金上校之间的婚约突然取消了？就在婚礼前两天，《晨曦邮报》上就登了一小段宣告这桩婚事告吹。这是为什么呢？这太让人难以置信了，但其实区区一千二百镑就可以解决这个问题。这不是很可惜吗？而现在，我却发现你这样一个明白事理的人，居然在你委托人的前途和名声岌岌可危的时候还来跟我讨价还价。你的做法真是让我吃惊，福尔摩斯先生。"

"我说的是实话，"福尔摩斯回答道，"她筹不到那么多钱。对你来说，拿到我所开出的价钱远比你毁掉这个女人的幸福却一分钱都得不到要好吧？"

"你错了，福尔摩斯先生。这件事的曝光间接地会对我相当有利。现在我的手里有八到十件类似的事等我去处理，如果伊娃女士这个结局悲惨的例子传到她们那里，我想她们在处理这种问题的时候就会是非常理智的。你明白我的意思吗？"

福尔摩斯从椅子上一跃而起。

"拦住他，华生！别让他跑了！现在，先生，让我们看看你笔记本的内容吧。"

米尔沃顿像只老鼠一样蹿到房间一侧，背靠墙站着。

"福尔摩斯先生，福尔摩斯先生，"他边说边掀开外套的前襟，亮出插在内袋里的一把左轮手枪的枪把，"我早就料到你会干点出格的事。这种事我见多了，可这能有什么好结果呢？我告诉你，我可是有备而来的，而且我随时会开枪的，要知道法律会认为我是正当防卫的。再说了，你以为我会把那些信放在笔记本里带到这儿来？那你就大错特错了。我可不会做这种傻事。现在，先生们，我今天晚上还和别人有一两次会面，驾车到汉普斯蒂德要很久呢。"

他走上前，拿起外套，拿着枪倒着向门口走去。我抄起一把椅子，但是福尔摩斯摇了摇头，我又只好把椅子放下。米尔沃顿略略欠身，面带微笑，一转身出了门。一会儿我们就听见马车关门声和车轮的嘎吱声，他已经坐车离开了。

福尔摩斯一动不动地坐在火炉旁，双手深深地插在裤袋里，头垂到胸口，眼睛盯着发光的灰烬。他沉默地坐了半个小时，然后站起来走进了卧室，看样子是做了什么决定了。过了一会儿，一个看上去吊儿郎当的年轻工人出来了，长着山羊胡子，穿着短大衣，他在灯上点燃了烟斗，然后走上了街道。

“我过会儿回来，华生。”他说完就消失在夜色中。我明白他要对米尔沃顿开战了，但我没想到这场战斗居然会以这种奇怪的形式开始。

这几天福尔摩斯进进出出都是这副打扮，不用说他这几天肯定是待在汉普斯蒂德了，而且肯定有所收获，但是我对他的行动一无所知。然而，在一个疾风骤雨的夜晚，狂风呼啸着吹得窗户喀喀作响，他终于结束最后一次外出回来了。他卸下伪装，坐在火炉旁边，以他沉默而内敛的方式会心地笑了。

“你不会认为我快要结婚了吧，华生？”

“不，不会啊。”

“那你肯定会有兴趣知道我现在订婚了。”

“老兄，我祝贺——”

“我和米尔沃顿的女仆订婚了。”

“天呐，福尔摩斯！”

“我需要情报，华生。”

“这样做太过分了吧？”

“这是必不可少的一步棋。我是一名年轻有为的水管工，名叫埃斯科特。我每天晚上都约她出去，和她聊天。天哪，那种聊天真难受。但是无论如何，我打听到了我想要的东西。现在我对米尔沃顿的家了如指掌。”

“但是那个女孩怎么办，福尔摩斯？”

他耸了耸肩。

“那没办法，亲爱的华生。赌注太大了，你必须得小心地出好每一张牌。然而，我很高兴我有一个可恶的情敌，只要我一转身他就会取我而代之。今天这样的夜晚真是太棒了！”

“你喜欢这样的天气？”

“这对我的计划有利。华生，我今晚要去米尔沃顿家偷东西。”

他不紧不慢，意志坚决地说出这句话。我一听，不由得倒吸一口凉气，浑身发冷。这时一道闪电照亮了窗外的每处角落，我刹那间仿佛可以预见到他这样做的各种后果——被发现，被逮捕，体面的职业毁于一旦，从此跌入失败和耻辱的深渊，而我的朋友将会受尽米尔沃顿的摆布。

“看在老天爷的份上，福尔摩斯，你要想清楚你在干什么。”我大声说道。

“我亲爱的朋友，我已经深思熟虑过了。我的行动从来都不意气用事。如果有其他办法，我也不会采取这样鲁莽的、事实上很危险的办法。我们来冷静而客观地分析一下这件事。我想你必须承认，尽管这样做在法律上是违法的，但在道义上却是正义的。去他家偷东西只不过是要强行拿到他的笔记本——而且你那天还打算帮我抢呢。”

我在心里想了想这事。

“对，”我说，“只要我们的目的是只拿那些会被用于非法用途的信件，而不拿其他物品，那我们的行为就是正当的。”

“没错。既然行为是正当的，我就只需要考虑个人安危了。但是当一位女士极其需要帮助时，作为绅士就不应该考虑太多的个人安全风险，对吧？”

“你会陷自己于不义的。”

“嗯，那也是冒险的一部分。没有其他办法能拿回那些信了。那位不幸的女士既没有那么多钱，也找不到可以信赖的人。明天就是限期的最后一天了，除非我们今晚就拿到那些信，否则那个无赖一定会说到做到而毁掉她的。因此，我要么就只能让我的委托人面对她的悲惨命运，要么我就必须出这最后一张王牌。我只对你这么说，华生，这次就像是我和米尔沃顿那个家伙之间的一次冒险的对决。你也看见了，我们第一次交手就被他占了上风，就算是为了我的自尊和名誉，我也必须和他斗到底。”

“呃，尽管我不喜欢这样，但我想也必须如此，”我说，“我们什么时候动身？”

“你不用去。”

“那你也别想去，”我说，“我可以用我的名誉担保，你要是不让我参与这次冒险，我马上就会坐辆马车直接去警察局告发你——我这辈子还没失过言呢。”

“你帮不了我。”

“你怎么知道我帮不了？你也不知道会发生什么事。不管怎么说，我已经决定了。其他人也有自尊甚至荣誉感的，不光是你才有。”

福尔摩斯刚才看上去有点烦恼，但现在他眉头一抬，拍了拍我的肩膀。

“好吧好吧，我亲爱的朋友，就这么办吧。我们一同住这套房子好几年了，如果以后我们又被关在同一间牢房那就有趣了。你知道吗？华生，我不妨坦白告诉你，我经常在想，我能成为一个手段高明的罪犯。这次就是我这辈子能一试身手的机会了。看这个！”说着，他从抽屉里拿出一个小巧的皮匣子，打开后他亮出几件闪亮的工具，“这是目前最先进的一流偷窃装备，有镀镍的撬棍，有镶金刚钻的玻璃切割器，有万能钥匙，还有文明发展所需要的各种改良器具。还有这个，我的遮光灯。现在万事俱备了。你有走路不出声的鞋吗？”

“我有一双橡胶底的网球鞋。”

“很好！有面具吗？”

“我能用黑丝绸做几个。”

“看得出来，你对干这种事还很积极热情啊。很好，去做你的面具吧。出发前我们随便吃点晚饭。现在是九点半，十一点的时候我们驾车到教堂路。从那儿到阿普尔多尔大宅只需要走十五分钟。我们就在午夜前动手。米尔沃顿睡觉很沉，而且十点半准时上床。如果运气好的话，我们两在挑战法律而感受到一种前所未有的热情，这是我在维护法纪时没感受过的。我们这次行动的最终目的，还有我们心中无私的骑士精神，以及我们罪恶的对手，都使得我们这次铤而走险充满了冒险的乐趣。因此，我不但没有罪恶感，反而觉得欢欣鼓舞。我带着一丝钦佩看着福尔摩斯，他打开工具匣子挑选需要的用具，就像一个医生在做精细的外科手术一样冷静，科学、准确。我知道开保险箱是他一个独特的爱好，我明白他在面对这个铜绿色的怪物时会感到十分愉快，因为这条恶龙的肚子里藏着牵涉许多女士名声的东西。他卷起了袖口——他已经把外衣脱下放在椅子上了——拿出了两把钻子，一根撬棍和几把万能钥匙。我站在中间那道门旁，眼睛不时瞟着其他两扇门，以防有什么突发情况。但是事实上，我们的计划是很含糊的，比如万一我们被中途打断，我应该怎么办？半个小时过去了，这期间福尔摩斯全神贯注地干着活，放下一个工具又拿起另一个，像一个熟

练的技工一样充满力量和技巧。终于，我听见了咔嗒一声，保险柜的门开了，我朝里面瞥了一眼，里面有很多捆纸，每捆都绑得好好的，密封着，还做了记号。福尔摩斯拿出一捆，但是就着闪烁的火光看不清楚，于是他拿出他的小暗灯，因为米尔沃顿就在隔壁房间，开电灯太危险了。突然，我看见他停了下来，仔细聆听，然后在瞬间关上保险柜的门，抓过椅子上的外套，把工具塞进口袋，冲到窗帘后面，同时示意我也赶快这样做。

当我和他一起躲到窗帘后，我才听到刚才触发他灵敏感觉的声音——就在这屋里某处有响动。远处有门打开了，传来一阵含混、低沉的说话声，并且夹杂着一阵急促而沉重的脚步声，脚步声到了房间外面的门廊，停在了门口，门打开了，一声刺耳的咔嗒声以后，灯亮了，门又再一次关上了，一阵呛人的雪茄烟味飘进了我们的鼻孔。然后在离我们只有几码[①]的地方响起踱步的声音，踱来踱去。最后椅子吱嘎一声响，脚步声停住了。然后是钥匙插进锁孔的声音，接着我听见翻纸张的沙沙声。

之前我还不敢向外面看，现在我轻轻掀开窗帘的边儿向外看。福尔摩斯的肩紧靠在我的肩上，我知道他也在向外看。米尔沃顿宽宽厚厚的背就在我们面前，几乎伸手可及。很显然，我们错误估计了他的行动，他并没在卧室睡觉，而是坐在房子另一头的某个吸烟室或者游戏室里，我们进来时并没有看见那头的窗户是否有灯光。他的脑袋大大的，头发花白，秃顶处反射着灯光，就在我们眼前。他深深地斜靠在红皮椅子上，腿伸着，嘴里叼着一支长长的黑色雪茄，身上穿着一件军装样式的便服，黑天鹅绒的领子。他手里拿着一份很长的法律文件，一边懒洋洋地读着，一边吐着烟圈。看他一副安然自若的姿势和怡然自得的样子，他肯定不会很快离开。

我感到福尔摩斯悄悄握住我的手，摇了摇安慰我，好像在告诉我形势在他掌控之中，他一点不担心。我不知道他是否看见保险柜的门没有完全关好，从我这个角度看去却非常明显，而且米尔沃顿随时都可能发现。我

① 1码=0.91439999861米

脑袋里拿定主意，只要我发现他目光盯着保险柜注意到柜门开着的时候，我就立刻跳出去，用外套罩住他的头，把他绑起来，余下的事就交给福尔摩斯。但是米尔沃顿头也没抬，他只是懒洋洋地关注着手里的文件，一页接着一页地翻着律师的辩护词。我想，等他看完文件抽完烟，他总会回房间了。但是在这两者进行完以前，事情却出现了一个出人意料的变化，把我们的思路引到了完全不同的方向上。

有好几次，我都发现米尔沃顿在看表，甚至有一次他站起来又坐下，姿势很不耐烦。这时外面传来一阵微弱的声音，我才突然想到他也许约了人在这个奇怪的时间见面。米尔沃顿放下手里的文件，坐直了身子。那个微弱的声音又传来了，然后是一阵轻轻的敲门声。米尔沃顿站起身开了门。

“嗯，”他不客气地说，“你差不多迟到了半个钟头。”

这就是为什么门没有锁，而且他半夜还没睡觉的原因。接着是一阵女士裙裾发出的轻微的沙沙声。刚才当米尔沃顿的脸转到我这边时，我已经把窗帘缝拉上了，但现在我又小心翼翼地冒险掀开它。他仍然坐在老位置上，雪茄烟还是随意地叼在嘴角上。明亮的灯光下，他面前站着一位高挑瘦削的、皮肤浅黑的女子，她脸上蒙着面纱，下颌围着斗篷。她的呼吸非常急促，柔弱的身躯因为强烈的情绪而不停颤抖。

“你看，”米尔沃顿说，“你让我损失了一晚上的好觉，亲爱的女士。我希望你能证明这个损失是值得的。你就不能另找时间来吗？呃？”

这个女士摇了摇头。

“好吧，不能就不能吧。如果那位伯爵夫人是个厉害的女人，现在就是你对付她的好机会。上帝会保佑你的，你怎么在发抖？好了，冷静点。现在让我们言归正传吧。”他从书桌抽屉里拿出一个笔记本，“你说你有五封信可以威胁到艾伯特伯爵夫人。你想卖，我想买，这很好。现在只需要谈谈价钱了。当然我得看看这些信。如果它们真都是些好货色的话——天呐，是你？”

点钟就能拿到伊娃女士的信回到这里。”

福尔摩斯和我穿上正式礼服，这样我们看起来就像两个看完戏后准备回家的人。我们在牛津大街上叫了一辆小马车坐到汉普斯蒂德，然后付钱下车。我们把大衣扣得严严实实的，因为这里的寒风刺骨，就像能穿过我们的身体一样。我们沿着荒野向前走。

“这次行动要谨慎对待，”福尔摩斯说，“文件都放在这家伙的书房的保险柜里，书房就在他卧室的外间。另一方面，和所有矮矮胖胖、养尊处优的人一样，他的瞌睡很多。阿加莎——我的未婚妻——说仆人们都开玩笑说要吵醒他们家主人是不可能的。他有一个对他死心塌地的秘书，白天待在书房里寸步不离。这也是我们晚上行动的原因。还有，他养了一条恶狗在花园里。前两天晚上，我都是很晚才来见阿加莎；她把这畜生锁了起来，让我畅行无阻。”

“那栋房子就在那儿，有院子的那栋大的。穿过大门，就在月桂树林的右边。我想我们应该在这里就戴上面具。你看，窗户里一丝光亮都没有，一切进展顺利。”

戴上黑丝绸面具后，我们俩就变身成为伦敦最可怕的人物。我们悄悄走近这所安静而昏暗的大宅。房子一端有一条盖瓦的阳台，阳台上有几扇窗户和两扇门。

“那就是他的卧室，”福尔摩斯低声说道，“这扇门直通他的书房。这对我们是最方便的，但它内外都上了锁，要从这里进去动静太大。不过，从这儿绕过去有一个花房直通客厅。”

花房反锁了，福尔摩斯卸掉了一块玻璃，然后把钥匙伸进去从里面打开。很快我们就进去了，他立马关上了门。从法律上讲，我们已经犯下了大罪。

温室里的空气浑浊而温暖，弥漫着浓郁而呛人的奇花异草的香味，这让我们差点窒息。他在黑暗中抓着我的手，带我迅速地通过花坛，里面的灌木从我们的脸上擦过。福尔摩斯特意训练过一种非凡的能力，那就是在黑暗中也能看得清楚。他一直抓着我的手，打开一道门。我模糊地意识到我们进入了一个大房间，不久以前才有人在这里抽过雪茄。福尔摩斯在家具间摸索前行，打开另一道门，我们进去后他再关上。我伸出手摸到几件挂在墙上的衣服，我明白我现在在一个门廊里。我们沿着门廊走过去，福尔摩斯轻轻打开了右边的一扇门。突然有个什么东西朝我们冲过来，我的心一下子提到了嗓子眼儿。但当我得知那只是一只猫的时候，我又差点笑出声。这个刚打开的房间里点着火炉，并且也有浓浓的烟草味。福尔摩斯蹑手蹑脚地走进去，让我跟上他，然后又轻轻地关上门。我们现在是在米尔沃顿的书房里了，另一端挂门帘的地方就是他的卧室。

火烧得很旺，整间屋子都被照得亮堂堂的。在门旁边我看到了亮闪闪的电灯开关，但没必要开灯。火炉的一边是挂着厚窗帘的飘窗，就是我们刚才从外面看见的那个，另一边是通往阳台的门。屋子中间是一张书桌，还有一把光亮的红色皮革转椅。桌子对面是一个大书架，顶部放着大理石的雅典娜半身像。在书架和墙之间的角落里有一个高大的绿色保险柜。柜子正面有个光亮的黄铜把手。福尔摩斯悄悄走过来看着保险柜。然后他又慢慢走到卧室门口仔细侧耳倾听，里面没有传出什么声音。这时，我突然想到如果我们能从这扇通往外面的门撤退会比较明智，于是我检查了一下门。令我惊讶的是，门既没有从外面锁上，也没从里面反锁。我碰了碰福尔摩斯的胳膊，他扭过戴着面具的脸朝这边看了看。我看得出他吓了一跳，显然他和我一样对此感到惊讶。

“我可不喜欢这样，”他把嘴凑到我耳边低声说道，“我不太明白这是怎么回事。但不管怎样，我们不能再耽搁了。”

“我要做些什么吗？”

“要，你站在门口，如果听见有人走过来，就从里面反锁上。要是他们从另一边过来，如果我们得手了就从这扇门溜走，如果还没得手就藏在窗帘后面。明白吗？”

我点点头，然后站在门口。我最初的恐惧感已经消失了，我现在因为那个女人一言不发，掀开面纱，脱下斗篷，她的肤色浅黑，容貌清秀，轮廓鲜明。她的鼻子微翘，眉毛又黑又浓，眼睛里闪着光芒，薄薄的嘴唇紧闭，却露出让人觉得危险的笑容。

“是我，”她说，“一个被你毁掉一生的女人。”

米尔沃顿放声大笑，但笑声中明显带着恐惧。

“你真是太冥顽不化了，”他说，“你为什么要把我逼上绝路呢？我可以保证我自己连一只苍蝇都不会伤害的，但人总得谋生啊，我又能怎么办呢？我开出的价钱是你能负担的。你只是不愿意付罢了。”

“所以你就把信交给了我的丈夫——他是这个世上最高贵的绅士，我甚至连给他系鞋带都不配——你让他伤透了心而痛苦地死去。你还记得那天晚上吧，我也从那道门进来，乞求你大发慈悲，而你却当面笑我，就像你现在想笑我一样，只不过你内心的胆怯让你的嘴唇止不住地抽搐。是啊，你从来没想过会在这里再见到我吧？但就是那个晚上让我学到我怎样才能和你单独地面对面。好了，查尔斯·米尔沃顿，你还有什么要说的？”

“别以为你能吓得了我，”他说着站起身来，“我只需要喊一声，就能叫来所有的仆人把你抓起来。但是我可以理解你发自内心的愤怒，所以如果你马上离开我的房子，我不会追究。”

那个女人把手放在心口站在那儿，嘴角仍挂着令人害怕的微笑。

“你再也不能像毁掉我的生活一样去毁掉别人了，你再也不能像折磨我的心一样去折磨别人了。我要你从世上消失。去死吧，你这个畜生——去死！去死！去死！”

她掏出一把银光闪闪的小左轮手枪，把一颗颗子弹打进米尔沃顿的身体，枪口离他心口只有两英尺。他弯下身，向前倒在桌子上，开始猛烈地咳嗽，手在桌上的文件里乱抓，挣扎着站起来。另一颗子弹射来，他倒在了地板上。

“你杀了我……”他叫道，然后就躺着不动了。这个女人仔细地看了看他，然后把脚踩在他脸上，再看了看，他没有任何声音，也没动弹。我听到一阵急促的沙沙声，夜晚的冷空气吹进了闷热的房间，复仇者已经离开了。

就算我们出来阻止也救不了米尔沃顿，但是当那个女人把一发发子弹射进米尔沃顿蜷曲着的身体时，我几乎要冲出去了，但是福尔摩斯冰冷的手用力地抓住我的手腕。我明白他这样抓着我代表什么——这不关我们的事，是正义结果了这个恶棍，我们身上还有自己的责任和目标呢，这一点可不能忘了。

那个女人刚刚跑出门，福尔摩斯就已经悄悄地迅速跑到另一扇门那里，用钥匙锁上了门。同时，我们听见房子里传来嘈杂的声音和匆忙的脚步声，枪声惊动了屋里的仆人们。福尔摩斯十分冷静地跑到保险柜前面，双手抱起一捆捆的信件投进火炉，重复几次以后，保险柜已经空了。有人一边扭动门把手一边在外面敲门。福尔摩斯迅速地四下看了看，发现了桌子上的那封沾满了米尔沃顿血迹的信，就是这封信预示着他的死亡，福尔摩斯一把将信扔进火中。然后他把外间门的钥匙取下，跟着我出了门，再从外面把门锁上。

“走这边，华生，”他说，“我们能从花园围墙翻出去。”

我无法相信恐慌这么快就传开了，回头看见整栋大宅灯火通明。前门已经打开了，有几个人正沿着便道跑过来。很快整个花园里到处都是人。当我们从阳台跑出来时，有个人发现了我们并喊了起来，然后紧跟在我们后面追。福尔摩斯似乎对地形非常熟悉，他迅速穿过一片小树丛，我一步不落地跟着他跑，而最开始追我们的人就在我们后面，我都能听见他的喘气声了。我们前面是一堵六英尺高的墙，但他纵身一跃跳上墙头翻了过去，当我也跳上去以后，我发觉被人抓住了脚踝。我使劲挣脱了以后，爬上了长满草的墙头，跳下来时一头栽进了灌木丛。但福尔摩斯马上扶起我，我们一起冲过了一大片荒野。我估计我们跑了两英里的路之后，福尔摩斯才停下来仔细倾听。我们身后是一片寂静，我们摆脱了追捕，终于安全了。

在经历过如此惊心动魄的一夜以后——我已经记下了这件事情——我们吃过早餐，点燃了我们清晨第一支烟，这时伦敦警察厅的勒斯特拉德先生被领进了我们简陋的客厅，他是一个一丝不苟的人，令人印象深刻。

“早上好，福尔摩斯先生，”他说道，“我想问问你现在忙吗？”

“不太忙，还有空听你说话。”

“那我想，如果你现在手头没什么要紧事的话，不知能否协助我们调查一桩非同寻常的案件，这起案子昨晚就发生在汉普斯蒂德。”

“我的天！”福尔摩斯说，“发生了什么事？”

“一桩谋杀案，一桩非常戏剧化又不同寻常的谋杀案。我知道你对这种案子很感兴趣，如果你肯前往阿普尔多尔大宅一趟，并给我们一点破案的建议，那你就是帮了我们的大忙了。这可不是一桩普通的案子。我们注意米尔沃顿先生很长时间了，你我都知道，他可以说是个恶棍。他收买资料用于勒索是人尽皆知的，而这些资料已经被谋杀者付之一炬了，而值钱的东西却一件不少，因此很有可能罪犯们都是有头有脸的人，唯一的目的就是防止自己的隐私曝光。”

“罪犯们？”福尔摩斯问到，“不止一个人啊？”

“是的，有两个人。他们差点就被当场抓住。我们有他们的鞋印，有他们的长相描述，十拿九稳可以抓住他们。第一个家伙太敏捷了，第二个其实已经被园丁学徒抓住了，但又被他挣脱逃跑了。那人中等个子，长得挺壮实——方下巴，粗脖子，留着小胡子，眼睛上蒙着面罩。”

“这也太笼统了，”福尔摩斯说，“噢，有点像在说华生了！”

“这倒是，”警官被逗乐了，“说得还真的有点像华生。”

“这个，我恐怕帮不了你，勒斯特拉德，”福尔摩斯说，“事实上，我知道米尔沃顿那个人，我认为他是伦敦最危险的人物。而且我认为有些犯罪是法律管不了的，从某种程度上说，就只能靠私人复仇来匡扶正义了。别反驳我，争论这个没用，我主意已定。在这个案子里，我同情的是那些罪犯而不是受害者，因此我不会插手这个案件的。”

关于我们亲眼目睹的那桩惨剧，福尔摩斯对我只字未提。但我观察了一早上，发现他一直在思考问题。而且从他茫然的眼睛和心不在焉的表情来看，他是在努力回忆昨晚发生的事情。当我们正在吃午餐的时候，他突然站起来，大叫道："天呐，华生，我想起来了！快拿上你的帽子，跟我走！"

他飞快地走过贝克大街，沿着牛津大街来到了摄政王广场附近才停下。在路的左边，有家商店的橱窗里摆满了当今社会名流和名媛淑女的照片。福尔摩斯的眼睛停在了其中一幅照片上。顺着他的目光，我看见了一幅照片，照片里的女士身着宫廷长裙，容貌高贵端庄，头戴华丽的钻石头饰。我看着她那小巧的翘鼻子，浓浓的眉毛，紧闭的嘴唇，还有倔强的下巴。我还看到了一个历史悠久的头衔，它属于一个伟大的贵族和政治家，而照片里的女士正是这位贵族的妻子。看到这儿，我不由得目瞪口呆。当我与福尔摩斯四目交会时，他竖起手指放在嘴唇上，然后我们就转身离开了橱窗。

（陈静译）

六座拿破仑半身像

每天晚上苏格兰场的莱斯特雷德警长都会来我们这里坐坐，这已经是习以为常的事了。夏洛克·福尔摩斯先生很欢迎警长的到来，因为他能从警长那里了解到警察总部在做些什么。每当警长讲述办案细节时，福尔摩斯都会认真地倾听，同时，根据他自己渊博的知识和丰富的侦探经验不时地给对方提出一些建议和意见，但他从不主观地加以干涉。

一天晚上，莱斯特雷德谈完天气和报上的新闻之后便沉默不语，不停地抽着雪茄。福尔摩斯急切地望着他问道："手头有什么不寻常的案子吗？"

"噢，没有，没有什么很特别的事，福尔摩斯先生。"

"那么讲讲不特别的事吧。"

莱斯特雷德笑了："好吧，福尔摩斯先生，我不否认心里确实有事。但这件事很荒诞，所以不想麻烦你。但是，事情虽小却很奇怪。我也知道你对所有不寻常的事都感兴趣。不过我认为这件事和华生大夫却有很大关系。"

我说："是疾病吗？"

"可以说是疯病，而且是奇怪的疯病。你不会觉得现在还有如此憎恨拿破仑的人，一看到拿破仑的塑像就想打碎吧？"

福尔摩斯仰身靠在椅子上。

他说："这不关我的事。"

"是的，我已经说过这不是我们的事。但是，当有人破门而入去打碎别人的拿破仑塑像的时候，那就不是要把他送到大夫那儿了，而是应该送到警察这儿来了。"

福尔摩斯又坐直了身子。

"是抢劫？这倒很有意思。请你讲讲详细情况。"

莱斯特雷德拿出他的工作日志看着，担心讲话的时候会有遗漏的地方。

他说："四天前，有人报了一个案子。事情发生在莫尔斯·赫德森先生在肯尼顿街开的卖画和塑像的商店里。那天，店员刚离开柜台一会儿就听到打碎东西的声音。他立刻跑到店铺的前面，发现一座和其他艺术品一起摆放在柜台上的拿破仑塑像被打碎在地。他马上冲到街上去追打碎东西的人。虽然有几个过路人说他们看到一个人从商店里跑出，但是，他没有找到这个人，也没认出这个无赖。这似乎就像平时常发生的毫无意义的流氓事件一样。店员们把这件事如实地报告了巡警。而巡警们认为石膏塑像最多值几个先令，这件事很小，不值得专门调查。

"但是，第二个案子更严重、更奇怪，就发生在昨天晚上。肯尼顿街有一位著名的大夫叫巴尼克特，他住在离莫尔斯·赫德森商店几百码远的地方，他在泰晤士河南岸有一个很大的诊所，在两英里外的洛尔布瑞克斯顿街还有一个诊所分店和药房。他由衷地崇拜拿破仑，他家里有很多关于这位法国皇帝的书籍、绘画和遗物。不久以前，他从赫德森商店买了两座拿破仑半身像的复制品，这两座塑像是根据法国著名的雕塑家笛万的作品仿制的。一座放在肯尼顿街住宅大厅里，另一座放在洛尔布瑞克斯顿街诊所的壁炉架上。然而，今天早晨，他刚下楼就吃惊地发现夜里曾有人闯入他的住宅。但是，除大厅里的石膏塑像以外，并没有丢失什么东西。而那座石膏塑像却被拿到花园外面的墙下打成了碎片。"

福尔摩斯搓着他的双手。

他说："这的确很新奇。"

"我想你会对此感兴趣的。但是，我还没有说完。巴尼克特大夫十二点钟来到他的诊所，一进门就发现窗户被打开了，屋内满地是另一个拿破仑半身像的碎片。塑像的底座也打成了小碎块。你能想到他有多吃惊。两个事发现场都没有任何痕迹可以让我们查到制造这个恶作剧的罪犯，或者说是疯子。福尔摩斯先生，这就是事情的全部经过。"

福尔摩斯说："事情的确奇怪，也很荒唐。请问，在巴尼克特大夫家里和诊所里打碎的两个半身像，与在赫德森商店打碎的那个塑像是同一模型的复制品吗？"

"是同一个模型做的。"

"这个事实否定了一个说法，也就是认为打碎半身像的人是因为痛恨拿破仑。我们知道，伦敦市内有几万个这位皇帝的塑像，那些反对偶像崇

拜的人不可能只从这三个复制品入手。因此这种看法是不合适的。”

莱斯特雷德说：“是的，我曾经也像你这样想过。可是，莫尔斯·赫德森是伦敦那个区唯一的塑像供应者，这三座塑像在他的商店里放了很长时间。所以，尽管像你所说的伦敦有几万个塑像，不过很有可能这三个塑像是这个地区仅有的。所以，罪犯就先从这三个塑像着手。华生大夫，你认为怎样？”

我回答道：“事实上‘偏执狂’的表现是没有限度的。有一种情况被当代法国心理学家们称之为‘偏执意念’，意思是只在一件细小的事上固执，而在其他方面却完全清醒。如果一个人对拿破仑的事迹读得太多、印象太深，或者前人埋下的战争阴影使他产生‘偏执意念’，那么，在这一意念的影响下，他会因幻想而失去理智，从而导致犯罪。”

福尔摩斯摇摇头说：“亲爱的华生，不能这样解释。因为不管‘偏执意念’产生怎样的影响，它都不会使你所感兴趣的偏执狂患者去找出这些塑像分布在什么地方。”

“那么，你认为应该怎样解释呢？”

“我不想解释什么。我只是发现虽然这位先生的行为古怪，但他却遵循了一定的做事规律。例如，在巴尼克特大夫的大厅里，如果有一点声音就能惊醒全家，所以，半身像是拿到外面再打碎的；而在诊所没有惊动别人的危险，半身像在原地就打碎了。这好像是无关紧要的细节，但是经验告诉我不能把任何事情轻易地看成是琐碎无关的。华生，你还记得阿伯尼特家的那件烦人的事情是怎样引起我的注意的吗？那是因为我发现热天芹菜会在黄油里沉多深而引起的。莱斯特雷德，我对你的这三个破碎的半身像不感兴趣，如果你能让我知道这一连串奇怪事件的新进展，我会非常感谢你的。”

我朋友想要了解的事情，发展得比他想象得更快，更悲惨。第二天清晨，我正在卧室穿衣服，这时听到敲门声，福尔摩斯来了，手里拿着一封电报。他大声读给我听：

“立刻到肯辛顿街131号来。——莱斯特雷德”

我问：“怎么一回事？”

“不知道，有可能发生了什么事。不过我猜有可能是半身塑像故事的继续。如果是这样，我们这位打破塑像的朋友，已经在伦敦的其他地区开始活动了。桌子上有咖啡，华生，我已经叫来了一辆马车，快些！”

半小时后，我们到了皮特街。这是一条死气沉沉的小巷，离伦敦一个繁华地区不远。131号在一排整齐漂亮的房子中，这里的房子都很实用。我们的马车刚到，就看见房子前的栅栏外挤满了好奇的人群。福尔摩斯一边吹着口哨一边穿过人群。

“天啊！至少这是个谋杀案。这下伦敦的报童可要忙坏了。瞧，死者蜷缩着肩膀，伸长了脖子，不是暴力犯罪又是什么呢？华生，这是怎么一回事？上面的台阶被冲洗过，而其他的台阶是干的！哦，还有很多脚印！喏，莱斯特雷德就在前面窗口那儿，我们很快就会知道发生的一切。”

这位警长表情严肃地迎接了我们，并带我们走进一间起居室。在屋子里，只见一位衣衫褴褛的、身穿法兰绒晨衣的长者颤巍巍地来回走动。莱斯特雷德给我们介绍说，他就是这个房子的主人——中央报业联盟的贺拉斯·哈克先生。

莱斯特雷德说：“又是拿破仑半身像的事，福尔摩斯先生，你昨晚好像对它很感兴趣，所以我想你来这儿会高兴的。可能事情发展到了更严重的程度。”

“到了什么程度？”

“是谋杀。哈克先生，请把发生的情况准确地告诉这两位先生。”

这位穿着晨衣、面带忧郁的哈克先生说：“这件事很不寻常。我的一生都在搜集别人的新闻，而现在我身上却发生了一件怪事，所以我疑惑、心情不安，写不出一个字来。如果我是以记者身份来到这里的话，那么我就得自己采访自己，还要在晚报上刊登两栏报道。事实上，由于工作的关系，我的确对许多人做过重要的报道，可是，今天我自己实在无能为力了。不过，夏洛克·福尔摩斯先生，我听过你的名字，要是你能解释这件怪事，我愿意讲给你听。”

福尔摩斯坐下来静静地听着。

“这件事的发生好像是因为我四个月前从高地街驿站旁边的一家商店买来了那座拿破仑半身像。这家店是哈丁兄弟开的，价格很便宜，塑像买来后就一直放在这间屋子里。我通常是在夜里写稿子，并常常写到凌晨，今天早晨也是这样。大约凌晨三点，我正在楼上的书房里，忽然听到楼下有声音。我就注意去听，可是声音又消失了。我想声音一定是从外面传来的。过了大约五分钟，突然传来非常凄惨的叫声。福尔摩斯先生，那个声音可怕极了，只要我活着，它就会永远萦绕在我耳边。我当时吓呆了，直愣愣地坐了一两分钟，后来就拿了火棍走下楼去。当我走进屋子时，发现窗户大开着，壁炉架上的半身像不见了。我真不明白强盗为什么要拿走这个东西，它不过只是个石膏塑像罢了，也不值多少钱。

“如果有人从这扇开着的窗户那里迈一大步，便可以跨到门前的台阶上，这时你一定会看到的。很明显，这个强盗就是这样做的，所以我就打开门，摸黑走出去，不料差一点被一个死人绊倒，尸体就横躺在那儿。我赶忙回来拿上灯，这才看到那个可怜的人躺在地上，脖子上有个大洞，周围是一大摊血。他脸面朝天躺着，膝盖弯曲，嘴巴张着，样子实在吓人。那一幕一定会在我梦里反复出现。后来，我赶忙吹了警哨，接着就什么都不知道了。我想我一定是晕倒了。等我醒来的时候，发现自己已经在大厅里了，这位警察就站在我身边。”

福尔摩斯问：“被害者是谁？”

莱斯特雷德说：“没有什么东西可以表明他的身份。你要看尸体可以到太平间去，可是到目前为止我们没有从尸体上查出任何线索。他个头高，脸色晒得发黑，年龄不超过三十岁，穿得很不像样子，但又不像是工人。有一把牛角柄的折叠刀扔在他身旁的一摊血中。我不知道这把刀究竟是杀人犯的凶器，还是死者的遗物。死者的衣服上没有名字，他的口袋里只有一个苹果，一根绳子，一张值一先令的伦敦地图，还有一张照片。就是这张照片。”

照片显然是用小照相机快速拍摄的。照片上的人精明机智，眉毛浓厚，口鼻都很凸出，而且凸出得很特别，就像猴子的面孔一样。

福尔摩斯仔细地看过照片后问道：“那座半身像怎么样了？”

“就在你来之前我们得到一个消息。塑像在坎普顿街一所空房子的花园里找到了，但已经被打成了碎片。我要去看看，你去吗？”

“是的，我要去看一下。”福尔摩斯检查了地毯和窗户，“这个入侵者要么腿很长，要么就是一个动作非常灵活的家伙。窗下地势很低，跳上窗台并且打开窗户要很灵巧才行。可是跳出去是相当容易的。哈克先生，你愿意和我们一同去看那个半身像的碎片吗？”

这位新闻界人士情绪低沉地坐在写字台旁。

他说：“虽然我相信今天报道这件事的第一批晚报已经发行了，但是，我还是要尽力把这件事写一下。我的命运就是这样！你还记得顿卡斯特看台倒坍的事吗？我是那个看台上唯一的记者，我的报纸则是没有报道此事的唯一一家报纸，因为这件事让我太吃惊了，吃惊到无法报道此事。现在要动笔写发生在我家门前的这件凶杀案是晚了一点。”

我们离开这间屋子的时候听到他的笔在稿纸上刷刷地写着。打碎半身像的地方离这所房子仅仅二三百码远。拿破仑半身像已经被打得粉碎，细小的碎片散落在草地上。可想而知，砸碎半身像的人心中的仇恨是多么强烈和难以控制。我们还是第一次看到这位伟大皇帝落到这种地步。福尔摩斯捡起几块碎片仔细检查。从他专心致志的表情和自信的神态来看，我确信他找到了线索。

莱斯特雷德问：“怎么样？”

福尔摩斯耸了耸肩说：“虽然我们要做的事还很多，不过我们已经掌握了一些有用的线索可以作为行动的依据。对于这个犯人说来，半身像比他的生命值钱得多。这只是一种现象。另一方面，如果此人盗走半身像只是为了打碎，而他又不在屋内或是屋子附近打碎，这也是一件奇怪的事。”

“也许当时他遇到了照片上的这个人便慌乱起来，不知道该怎样对付，便拿出了刀子。”

“很可能是这样的。不过我希望你仔细观察一下这栋房子的位置，塑像是在这栋房子的花园里被打碎的。”

莱斯特雷德向四周看了看说：“这是一座空房子，所以他知道在花园里没有人打搅他。”

“是的。但是，在这条街入口不远的地方还有一栋空房子，他一定是先路过那一栋才能到这一栋来。为什么他不在那一栋空房子那儿打碎呢？他拿着半身像往前走会有被人碰上的可能性，危险性也就更大。”

莱斯特雷德说：“我说不出原因。”

福尔摩斯指着我们头上的路灯说：“在这个地方他能看得见，在那里却看不见，这就是理由。”

这位警长说：“哎呀，确实是这样。我想起来了，巴尼克特大夫买的半身像是在离灯光不远的地方打碎的。福尔摩斯先生，对这种情况我们该怎样办呢？”

“记住这件事，把它写在备案录里。以后我们也许会碰上与此事相关的情况。莱斯特雷德，你考虑下一步怎么做？”

“我认为，弄清内幕的最好办法是查明死者的身份。这件事不难。如果我们确认了死者是谁，我们就会有好的开端，并能知道他昨晚在皮特街干什么，在哈克先生家门前的台阶上遇见了谁，以及他被谁杀了。你看是这样吗？”

“不错，是这样的；不过，这和我处理这个案件的方法完全不一样。”

“那么，你觉得该怎样做呢？”

“噢，你不要受我的影响，我建议我们分头行动，以后可以交换意见，互相补充。”

莱斯特雷德说："好吧。"

"如果你去皮特街，劳驾转告哈克先生，我可以肯定，昨晚去他家的是一个对拿破仑有偏执意念的危险杀人狂，这个情况对他的报道有用。"

莱斯特雷德凝视着他："你不会真的这么认为吧？"

福尔摩斯笑了："不会吗？也许我不这样看。但是，我相信哈克先生和中央报业联盟的订阅者会感兴趣的。华生，我们今天还有很多复杂的工作要做。莱斯特雷德，如果你能在今晚六点钟到贝克街和我们见面，我会不胜感激。我想先用一下被害人口袋里的这张照片，晚上还给你。要是我的判断没有错的话，或许要请你在半夜出去一趟协助我们工作。晚上见，祝你顺利！"

福尔摩斯和我一起去了高地街。我们走进了卖半身像的哈丁兄弟商店。一个年轻的店员告诉我们哈丁先生下午才来，他是个新来的，不了解情况。这时福尔摩斯面部出现了失望和烦恼的表情。

他说："好吧，既然如此，我们只好改变计划。看来哈丁先生上午不会来了，我们只好下午再来找他。华生，你一定猜到了我为什么要追究这些半身像的来源，因为我想看看有什么特别情况可以解释这些半身像被砸的原因。现在，我们先去肯尼顿街赫德森先生的商店，看他能否给我们提供一点线索。"

我们乘上马车，一小时后来到了赫德森商店。赫德森先生身材不高，脸色红润，身体强壮，但是性格显得急躁。

他说："是的，先生，塑像就是在这个柜台上被打碎的。哼！太不像话了！既然强盗可以为所欲为，那我们纳税还有什么用呢？不错，先生，是我卖给巴尼克特大夫两座塑像的。真可耻！这种事情肯定是无政府主义者干的——我就这样认为。只有无政府主义者才会到处去打碎拿破仑塑像。你问我从哪儿弄到这些塑像？我看不出这和那件事有什么关系。好吧，既然你实在想知道，我就告诉你。我是从斯特朋尼区教堂街的乔斯雅·布朗公司买来的。这家公司近二十年来在石膏雕塑行业中一直很有名。我买了多少？三个，第一次买了两个，第二次买了一个，共三个，后来我卖给巴尼克特大夫两个，还有一个在光天化日之下就被在柜台上打碎了。至于照片上这个人，我不认识。哦，不，也可以说我认识。他叫贝波，是意大利人，在这里干过零活。他会雕刻、镀金、做框子及其他零活。这家伙是上星期走的，此后再没有人提到过他。我不知道他从哪里来的，也不知道他去了哪里。他在这儿的时候干得不错。半身像被打碎时，他已经离开两天了。”

从商店出来之后，福尔摩斯对我说：“我们从赫德森这儿只能了解到这些情况。但我们查清了在肯尼顿街和肯辛顿的两个案件里都有贝波，就凭这一点，我们走了十英里的路程很值得。华生，我们去斯特朋尼区教堂街的吉尔得公司，这些半身像就是在那里制作的。我估计我们会从那儿得到一些情况。”

于是，我们迅速接连穿过伦敦的一些繁华地区：有旅馆集中的街道、戏院毗邻的街道、商店林立的街道，还通过了伦敦海运公司集中的地方，最后到了一个有十来万人口的、位于泰晤士河沿岸的市镇。市镇的出租房屋里住满了欧洲来的流浪者，这里到处弥漫着他们的气味和浪漫的情调。在一条曾是伦敦富商居住的宽阔街道上，我们找到了这家雕塑公司的工厂。厂里有个很大的院子，院里堆满了石碑等东西。里面有一间大厂房，有五十多个工人正在干活。经理是位身材高大、头发金黄的德国人，他很有礼貌地接待了我们，清楚地回答了福尔摩斯提出的每个问题。

经查账得知，他们根据雕塑家笛万用大理石创作的拿破仑头像复制了几百座石膏像。大约一年前卖给莫尔斯·赫德森的三座塑像和另外三座是同一批货。另外三座塑像卖给了肯辛顿的哈丁兄弟公司。这六座塑像和其他塑像没有什么不同之处。他不能解释有人想要毁坏这些塑像的原因——实际上，他嘲笑所谓“偏执狂”的解释。塑像的批发价是六先令，但零售商可以卖到十二先令以上。复制品是先分别做出大理石头像的前后两个模片，再把它们连在一起，便构成一个完整的头像。这种工作通常是意大利人做。他们就在这间屋子工作，做完后就把半身像拿到过道的桌子上风干，然后把它们存放起来。他能告诉我们的就这么多。

可是，这位经理对那张照片却产生了奇怪的反应。当他看见照片时，脸气得发红，那种具有德国人特点的蓝色眼睛上的双眉紧皱着。

他大声说："啊，这个恶棍！是的，我很了解他。我们公司声誉一直很好，警察到这里只来过一次，就是因为这个家伙。一年多以前，他在街上用刀子捅了一个意大利人。他一跑到车间，警察就来抓他，就是在这儿把他抓走的。他的名字叫贝波——我从来不知道他姓什么。真倒霉雇用了这样一个品行不端正的人。但是，他很会干活儿，是一把好手。"

"给他定了什么罪？"

"杀人未遂。被捅的人没有死，他在监狱只关了一年就出来了。但他不敢在这里露面。他有个表弟在这里干活，我想他会告诉你贝波在哪里。"

福尔摩斯大声说："不，不，什么也不要对他表弟说——请你一个字都不要讲。事情很严重，而且，随着我进一步调查，事情会更加严重。在你查看出售这些塑像的账目时，我从旁边看到了出售日期是去年六月三日。请你告诉我贝波是什么时候被逮捕的？"

这位经理回答说："我看一下工资单就可以告诉你大概的日期。"

他翻过几页后说："是的，最后一次给他发工资是在五月二十号。"

福尔摩斯说："谢谢，我想不能再耽误你的时间并给你添麻烦了。"他最后再次嘱咐经理不要把我们调查的事说出去，然后我们就返回了。

我们一直忙到下午四五点钟才在一家饭馆匆忙地吃了午饭。在饭馆门口，报童叫喊着："肯辛顿凶杀案，疯子杀人了。"这条新闻说明哈克先生的报道终于被刊登了。报道占了两栏，文章写得让人震惊，并且词句漂亮。福尔摩斯把报纸立在调味品架上边吃边看，有一两次还咯咯地笑了。

他说："华生，就该这样写。你听这一段：'我们高兴地告诉读者，在这个案件上没有分歧意见，因为经验丰富的官方警长莱斯特雷德先生和著名的侦探家福尔摩斯先生都得出同一结论。结论是这个以杀人告终的这一系列的荒诞事件全是出于精神失常引起的，而不是蓄意谋杀。’只能用心理失常才能解释全部事件。华生，只要你懂得怎样使用报纸，它就会成为你非常有用的工具。要是你吃完了，我们就回肯辛顿，去听听哈丁兄弟公司的经理会说些什么。”

出乎意料，这个大商店的创建人却是一个消瘦的小个子，但是他精明强干，头脑清醒，很会讲话。

“是的，先生，我已经看过晚报上的报道。哈克先生是我们的顾客。几个月前，我们卖给了他那座塑像。我们从斯特朋尼区教堂街的吉尔得尔公司订了三座那种塑像，现在全出售了。卖给谁了？让我查一查我们的售货账单再告诉你。噢，这几笔账在这儿。你看，一个卖给哈克先生，一个卖给齐兹威克区拉布诺姆街的乔斯雅·布朗先生，第三个卖给瑞丁区洛尔街的桑德福先生。你让我看的照片上的这个人，我从来没有见过。这种人是不容易忘记的，因为他长得太丑了。你问我们的店员中有没有意大利人？有的，有几个工人和清洁工是意大利人。他们要想偷看售货账单是很容易的，因为我想没有什么必要把账本特别保护起来。啊，是的，真是一件怪事。要是你还想了解什么情况，请你告诉我。”

哈丁先生作证的时候，福尔摩斯一直在记录。我看得出他对事情的发展很满意。可是，他什么也没说，只是急于赶回去，否则会耽误和莱斯特雷德见面。果然，当我们到贝克街的时候，他已经到了。他正在屋内很不耐烦地踱来踱去。他那严肃的样子说明，他这一天工作很有成绩。

他问：“怎么样？福尔摩斯先生，有收获吗？”

我的朋友解释道：“我们今天很忙，而且没有白忙。我们见到了零售商和批发制造商们，也查清了每个塑像的来源。”

莱斯特雷德喊道：“半身像！好，福尔摩斯先生，你有你的方法，我不应该反对，但是，我认为我这一天的收获比你们的大。我查明了死者的身份。”

“是吗？”

“并且查出了犯罪的原因。”

“好极了。”

“我们有个侦探，名叫萨弗仑·希尔，专门负责意大利区。死者的脖子上挂着天主教徒的像，从他皮肤的颜色看，我认为他是从欧洲南部来的。希尔侦探一看见尸体便认出了他。他的名字叫皮亚托·万努齐，来自那不勒斯。他是伦敦有名的强盗，与黑手党有联系。你知道黑手党是个秘密政治组织，想通过暗杀实现他们的信条。现在看来，事情逐渐明朗化了。杀人凶手可能也是意大利人，并且也是个黑手党。他大概是违犯了黑手党的某条纪律而皮亚托是在跟踪他。我们在皮亚托口袋中发现的照片可能就是这个凶手的照片。皮亚托带照片是为了确认，以免伤害其他人。当他看见凶手进了一栋房子时，就在外面等候。出来后，他俩扭打了起来，皮亚托被杀。夏洛克·福尔摩斯先生，这个分析怎样？”

福尔摩斯赞赏地拍着手，他大声说：“好极了，好极了！莱斯特雷德，可是，我没有完全明白你对于打碎半身像的解释。”

“半身像！你总是忘不了半身像。那只是小偷小摸，最多关六个月监狱。我们真正要调查的是凶杀案，实际上，我已经掌握了全都线索”。

“下一步怎么办？”

“很简单。我和希尔到意大利区寻找照片上的人，并以凶杀罪逮捕他。你愿意和我们一起去吗？”

“我不去了。我想我们可以更容易地达到目的。我说不准，这完全取决于一个我们现在根本不能控制的因素。但是希望很大，可以说有三分之二的把握。要是你今晚和我们一同去，我能帮你逮捕他。”

“意大利区？”

“不，我认为会在齐兹威克区找到他。莱斯特雷德，如果你今天晚上和我一同去齐兹威克区，我保证明天晚上会和你去意大利区，耽误一个晚上不会有什么影响的。我看我们现在最好先睡几个小时，因为要晚上十一点以后出发，可能天亮才能回来。莱斯特雷德，和我们一起吃饭，然后在沙发上休息。华生，请你打电话叫一个快递员，我有一封很重要的信必须立刻送出去。”

福尔摩斯花了一晚上时间翻阅我们在储藏室堆积的旧报纸合订本。下楼时，他眼睛里流露出胜利的目光，不过他对我们两个人什么也没说。这个复杂的案件几经周折，我一步一步地注视着福尔摩斯在侦缉中所采取的方法。尽管我还不知道我们会有什么样结果，但是，我十分清楚福尔摩斯在等待这个罪犯去偷另外两座半身像。我记得其中有一个是在齐兹威克区。毫无疑问，我们此行的目的就是要当场抓到他。所以，我很赞赏我朋友的机智，他在晚报上故意提供了一个错误的线索，使得罪犯误以为他可以继续作案而不受惩罚。所以，当福尔摩斯让我带上手枪时我并不感到吃惊。他自己拿了装满子弹的猎枪，这是他最喜爱的武器。

十一点钟，我们乘上马车来到了汉莫斯密斯桥。下车后，我们让马车

夫在那儿等候，然后继续向前走，很快就来到一条平静的大路上，路旁有一排齐整的房子，每栋房前都有花园。借着路灯，我们找到了拉布诺姆别墅。主人显然已经休息了，因为在花园的小道上除了从门楣窗里透出一道暗淡的光亮之外，周围是一片漆黑。隔开大路和花园的木栅栏在园内投下一片深深的阴影，我们正好躲在那里。

福尔摩斯低声说："恐怕我们要等很久。感谢上帝，今晚没有下雨。我们不能在这儿抽烟消磨时间，否则很容易暴露。不过你们放心，事情已有三分之二的把握，所以我们吃点苦还是值得的。"

出乎我们意料的是，守候的时间并不长。突然，听到有个动静。但并没有一点声音预示有人到来。大门一下子被推开了。一个黑色人影像猴子一样迅速而又敏捷地冲到花园的小路上。借着透过门楣窗映在地上的灯光，我们看见这个人影急速穿过，消失在屋子的黑暗中。这时，四周寂静无声，我们屏住呼吸。过了一会儿，忽然听到轻微的嘎吱一声，窗打开了，但声音却消逝了。接着又是长时间的静寂。估计这个人正在设法潜入室内。突然，我们看到一只深色灯笼的灯光在室内闪了一下。他要找的东西显然不在那儿，因为我们从另一幅窗帘外又看到了闪光，然后隔着第三幅窗帘又看到了闪光。

莱斯特雷德低声说："我们去开着的窗户那儿，等他一爬出来，就能立即抓住他。"

但是，我们还没来得及行动，这个人就又出现了。当他走到小路上有微光闪烁的地方时，我们看到他腋下夹着一件白色的东西鬼鬼祟祟地四下张望着。寂静无声的街道给他壮了几分胆。他转过身去，背向我们，放下那件东西。我们只听见很响的"啪嗒"一声，接着又是"格格"的连续响声。他干得很专心，所以，当我们悄悄地穿过一块草地时，他并没有听见我们的脚步声。于是，福尔摩斯猛虎般地扑向他的背后，莱斯特雷德和我立即抓住他的手腕并且给他戴上了手铐。当我们把他转过身时，我才看到一副两颊深陷、奇丑无比的面孔。他怒视着我们，面部在抽搐，这时我才看清他正是照片上的那个人。

可是，福尔摩斯却不去关注我们抓到的人。他蹲在台阶上仔细地检查这个人从屋里拿出来的东西。它又是一座拿破仑的半身像，和我们那天早晨看到的一样，并且同样被打成了小碎片。福尔摩斯把碎片拿到亮光下认真地检查，没有看出这些石膏碎片有什么特殊的地方。他刚刚检查完，屋内的灯亮了，门也开了，房子主人——一个和蔼、肥胖的人穿着衬衫和长裤出现在我们面前。

福尔摩斯说："我想你是乔斯雅·布朗先生吧？"

"是的，先生，你一定是福尔摩斯先生吧？我收到邮递员送来的快信就完全按照你的指示做了。我们把每个门全从里面锁上，等待事情的发展。我很高兴你们抓到了这个流氓。先生们，请进屋用些点心，休息一下吧。"

然而，莱斯特雷德急于要把犯人送到安全的地方，所以没有几分钟便叫来马车，我们四个人动身去了伦敦。犯人一句话也不说，他的眼睛从乱蓬蓬的头发阴影里恶狠狠地盯着我们。有一次我的手离他很近，他就像恶狼一样地猛抓过来。在警察局里对他进行了搜查。他身上除了几个先令和一把刀身很长的刀子之外，什么也没有，刀把上有许多新的血迹。

离开的时候，莱斯特雷德说："事情就是这样了。希尔很了解这些流氓，他会给这个家伙定罪的。你看，我用黑手党来解释这件事并没有错吧？我也服从了你的安排。福尔摩斯先生，我非常感谢你这样巧妙地抓住了他，可我还没完全懂得这是怎么一回事。"

福尔摩斯说："时间太晚，不解释了。另外，还有一两件小事没有弄清楚，这个案件应该彻底查清。如果你明天晚上六点钟到我家来，我会给你说明直到现在你还没有完全了解的这个案子的情况。总之，这个案子确实有它独特的地方。华生，要是我愿意你继续记录我办的案子，我敢说这桩案子一定会使你的记录增添不少色彩。"

第二天晚上见面时，莱斯特雷德给我们讲了这个犯人的详细情况。

犯人名字叫贝波，但姓氏不详，在意大利人居住区是个出名的坏蛋。他制造塑像的技术很好，曾老老实实地过日子，可是后来走上了歪道，两次被捕。一次是因为偷东西，另一次是因为刺伤了他的同乡。他英语讲得很流利，但他为什么毁坏这些塑像的原因还不清楚，因为他拒绝回答这方面的问题。可是警察发现这些塑像可能是他亲手做的，因为他在吉尔得公司的时候就是干这个活的。当莱斯特雷德讲述我们已经知道的这些情况时，福尔摩斯只是礼貌地听着，但我明显地感到——因为我很了解他——他在想别的事。我发觉他的表情中有种不安和期待。最后，他从椅子上站起来了，眼睛闪闪发光。这时门铃响了。一会儿我们听到楼梯上有脚步声，仆人带进来一位面色红润、胡子花白的老人。他拿着一个旅行袋，进门后把它放在桌子上。

“夏洛克·福尔摩斯先生在这儿吗？”

我的朋友点了点头，并且微笑地说：“我想你是瑞丁区的桑福德先生吧？”

“是的，恐怕我来晚了，火车不太方便。你给我写信提到了我买的半身像。”

“是的。”

“这是你的信。你说：‘我想要一座仿笛万塑的拿破仑像，对于你的那座我愿意付十镑。’是这样吗？”

“没错，是这样。”

“我对你的来信感到意外，因为，我想象不出你怎么知道我有这个塑像的。”

“当然你会感到意外，可是理由却很简单。哈丁公司的哈丁先生说他们把最后一座塑像卖给了你，并且把你的地址也告诉了我。”

“噢，原来是这样！他告诉你我是花了多少钱买的吗？”

“没有，他没告诉我。”

“我虽然并不富有，但是很诚实，我只花了十五个先令。我想，在我拿走你十英镑之前，你应该知道这一点。”

“桑福德先生，你的顾虑说明你很诚实。既然我已经说定了这个价格，我就要按这个价格给你。”

“福尔摩斯先生，你很慷慨。我按你的要求带来了这座塑像。就在这里！”他解开袋子。我们总算看到了一座完整的拿破仑塑像，而前几次我们见到的都是塑像的碎片。

福尔摩斯从衣袋中取出一张纸和一张十英镑的纸币放到桌子上。

“桑福德先生，请你在这几位证人面前在这张条子上签个名。这只是表明你对这座塑像的占有权和相关的一切权利全部转让给了我。我是一个循规蹈矩的人，永远无法预见将来会发生什么事。谢谢你，桑福德先生，这是你的钱，祝你晚安！”

客人走了以后，福尔摩斯的行动引起我们的注意。他从抽屉里拿出一块白布铺在桌子上，又把新买来的半身塑像放在白布中间。然后，他端起猎枪，猛地向拿破仑塑像的头顶上放了一枪，于是塑像立刻变成了碎片。福尔摩斯弯下腰来，迫切并仔细查看着这些分散的碎片。不一会儿，他得意地喊了起来。我看到他手里高举着一块碎片，碎片上嵌着一颗深色的东西，就像布丁上的葡萄干一样。

他大声说道：“先生们，让我把著名的包格斯黑珍珠介绍给你们吧！”

莱斯特雷德和我一下子愣住了。意外的惊喜使我们突然鼓起掌来，就好像看戏看到了最精彩的部分后鼓掌一样。福尔摩斯苍白的脸上泛出了红晕，他向我们鞠了一躬，就好像著名的剧作家在答谢观众的盛情。只有在这种时刻，他才停止理性的思考，并流露出像常人一样喜欢接受赞扬的表情。我们的惊奇和赞扬，竟然深深地打动了这样一个蔑视世俗、性格独特、沉默寡言的人。

他说：“先生们，这是世界上现有的最著名的珍珠，我很幸运能够依照一系列的归纳法，从这颗珍珠遗失的地方——格伦那王子在达柯尔旅馆的卧室，开始追查到斯特朋尼区教堂街的吉尔得尔公司所造的六个拿破仑塑像之中的其中一个。莱斯特雷德，你还记得吧，这颗无价的珍宝遗失之后造成了多么大的震惊。当时伦敦警察为了寻找这颗珍珠白白花费了很多精力。在这件案子上，他们曾询问过我的意见，但是我讲不出任何办法。我曾怀疑过王妃的女仆。女仆是个意大利人，警察局查明了她有一个兄弟在伦敦，但是我们没有查清他们之间有无联系。女仆的名字叫芦克芮什雅·万努齐。我想两天前被杀害的皮亚托便是她的兄弟。我查过旧报上的日期，珍珠是在贝波被捕前两天遗失的。逮捕贝波是因为打伤了人。他在吉尔德公司被抓，当时他正在做这些塑像。你们现在可以完全明白事情发生的顺序了，当然，我思考的时候思路与这些事件的顺序正好相反。贝波确实拿到了珍珠。他可能是从皮亚托那儿偷来的，也可能就是皮亚托的同谋，还有可能是皮亚托和他妹妹的中间人。不过这些对于我们无关紧要。

“重要的事实是他占有了这颗珍珠。正当他身上带着这颗珍珠的时候，警察来追捕他。他跑到了上班的工厂。他知道必须在几分钟内把这颗无价之宝藏好，否则便会在搜身的时候被警察搜出。当时六座拿破仑的石膏像正放在过道风干，一座还是软的。贝波是一个熟练工人，所以立刻在湿石膏上挖了一个小洞，把珍珠放到里面，然后把小洞抹平。石膏像是隐藏珍珠的最理想地方，没有人会想到在那里能找到这颗珍珠。贝波被关了一年，同时他的六座石膏像被卖到伦敦各地。他不知道那颗珍珠藏在哪座塑像里。摇摆石膏像是不起作用的，因为珍珠会粘在湿石膏上。因此，只有把石膏像打碎才能找到珍珠。贝波并没有失望，他要凭借自己的机灵和毅力寻找珍珠。他通过一个在吉尔得公司工作的堂兄弟查清了买这些塑像的是哪几家零售公司。于是他设法得到了莫尔斯·赫德森的雇用，这样他查明了三座塑像的去处。不过，珍珠不在这三座塑像里。然后在其他意大利雇工的帮助下，他又查清了另外三座塑像的去处。一座是在哈克先生家里。在那儿他被他的同谋皮亚托所跟踪，这个人认为他应对丢失珍珠这件事负责。可是，后来在他俩的搏斗中皮亚托被杀死。”

我问：“如果贝波是皮亚托的同谋，为什么皮亚托还带着贝波的照片呢？”

“是为了追寻贝波用的，如果皮亚托想向第三者询问贝波时可以拿出来看，这个道理很明显。我想皮亚托被杀以后，贝波的行动会加快，而不会延迟。他怕警察发现他的秘密，所以他要在警察追捕他之前加速行动。当然，我不能肯定地说，他在哈克买的半身像中没有找到那颗珍珠。我甚至不能断定石膏像里藏的是珍珠，但是我很清楚他是在寻找什么东西，因为他把半身像拿出去，走过几栋房子，在有灯的花园里才把它打碎。既然哈克买的半身像是三个里面的一个，那么也就证明了我所告诉你们的珍珠在里面的可能性是三分之一。还有两个半身像，很显然他要先去找在伦敦的那一个。我告诉了房子的主人，以避免发生第二次惨案，然后，我们便行动了，并且取得了可喜的成绩。当然，只是在这个时候，我才明确地知道我们要找的是包格斯的珍珠。被害者的姓名让我把两件事联系起来。那么只剩下一个半身像——在瑞丁区的那座——而且珍珠必定在那个塑像里面。所以，我当着你们的面从物主那儿买来这个塑像。珍珠就在这个塑像中。”

我们默默地坐了一会儿。

莱斯特雷德说：“福尔摩斯先生，我看过你处理的许多案件，但是都不像处理这个案件那样巧妙。我们苏格兰场的警察不会嫉妒你，而是会引以为荣。如果明天你能去的话，不管是老的侦探还是年轻的警察都会很高兴地同你握手祝贺。”

福尔摩斯说：“非常感谢！”这时他转过脸去。我从来没有见到过他因得到人间的温暖感情而像现在这样地激动。过了一会儿，他又冷静地投入了新的思考中。他说：“华生，把珍珠放到保险柜里，把康克—辛格莱顿伪造案的文件拿出来。再见，莱斯特雷德！如果你遇到什么新的问题，我会尽可能地助你一臂之力的。”

（郭磊译）

三个大学生

那是在1895年，有几件事搅在一起，所以夏洛克·福尔摩斯和我本人在我们一座著名的大学城待了几周，我其实用不着掺和进去。就是在这段时间里，我们经历了一次虽不大但颇有教益的冒险，我马上就会讲到。很显然，任何有助于读者准确辨认那伙人或那伙罪犯的细节都可能是有漏洞的，是难以令人满意的。这样一桩令人痛苦的丑闻也会最终风平浪静。但我仍会非常谨慎地描述这件事，因为它能够说明我的朋友所具备的某些不凡品质。在我的叙述中，我将会尽量避免使用一些词语，以免将这些事情限制在任何一个特定的地方或让人联想到相关人员。

我们当时住在一所租来的房子里，家具一应俱全，而且离一家图书馆很近，福尔摩斯在那里对早期的英国宪章作了细致烦琐的研究——这些研究带来的结果真是令人吃惊，以至于可能成为我未来某个叙事的主题。

一天晚上，我们接待了一位来访的熟人，他就是圣卢克大学的老师，讲师希尔顿·索米斯先生。索米斯先生高大魁梧，有些神经质，容易激动。在我的心目中他一直就是毛手毛脚的，但这次他无法控制自己的焦躁不安，显然发生了什么非同寻常的事情。

“我相信，福尔摩斯先生，你能从自己宝贵的时间里抽几个小时给我。我们在圣卢克大学遇到了一件非常痛苦的事情，而且，真的，要不是碰巧你就在这镇上，我就会茫然无措，不知该做些什么。”

“我这会儿非常忙，我不想有任何打扰，”我的朋友这样答道，“我希望你去找警察帮忙。”

“不，不，我亲爱的先生；这条路绝对行不通。一旦惊动了法律，就没办法停下来了。这桩案件是这样的，为了学校的信誉，首先必须避免丑闻的出现。你的判断力与你的影响力一样无人不知，你就是这个世界上能帮助我的那个人。我求你，福尔摩斯先生，出手帮帮我吧。”

我朋友的不悦心情没有好转，因为他此时没有贝克街那得心应手的环境。没有他的剪贴簿、他的化学药品、他家里的乱七八糟，他就觉得不舒服。他耸了耸肩，勉强表示同意，而我们的那位来访者则迫不及待，手舞足蹈地将他的故事和盘托出。

“我必须跟你解释，福尔摩斯先生，明天是争取福特斯库奖学金考试的第一天，我是主考之一。我负责的科目是希腊语，卷子的第一张有一大段希腊文翻译，参加考试的人从未见过。这段文字是印在试卷上的，如果参加考试的人可以事先准备，那当然是占了大便宜。就是为了这个原因，对试卷的保密做得非常用心。

“今天，大约是三点钟，这份卷子的校样从印刷厂送来了。这个活儿包括修昔底德的半章内容。我必须得认真地读一遍，因为卷子必须绝对正确。到四点半的时候，我还没干完。不过，我保证我是因为去一个朋友屋里喝了杯茶，才把校样留在我的办公桌上。我大概出去了一个多小时。

“你知道，福尔摩斯先生，我们学校的门都是双层的——里面是一层绿色的厚毛毡，外面是结实的橡木门。我走近外面那扇门时，惊奇地发现上面有把钥匙。有那么一会儿，我想是我把自己的钥匙丢在那儿了，可我一摸口袋，发现钥匙却在呢。据我所知，唯一一把备用钥匙在我仆人手里，他叫班尼斯特——他照看我的房间已经有十年了，他的诚实绝对不容怀疑。我发现那把钥匙确实是他的，他可能曾进到屋里看看我是不是要喝茶，而他出来时则大意地把钥匙忘在门上了。他到我屋里来肯定是在我离开的那几分钟里。他把钥匙忘了这个事，在任何其他时候都无关紧要，但这次却造成了最严重的后果。

“往桌子上一看我就明白了，有人翻过那些卷子了。理由是那三张纸。我原来是把它们放在一起的。现在，我发现其中一张躺在地上，一张放在靠窗户的那张桌子上，而第三张则还待在原来的地方。”

福尔摩斯第一次显出表情。

“第一张在地上，第二张在窗户旁边，第三张原地未动？”他说。

“一点没错，福尔摩斯先生。你真是让我吃惊。你怎么可能知道的？”

“请继续你非常有意思的讲述。”

“有一瞬间，我想可能是班尼斯特擅做主张地检查了我的卷子。可他坚决否认，而且我相信他说的是实话。另一种可能就是有人路过这里，看到门上的钥匙就知道我不在，于是进来看了那些卷子。有一大笔钱现在不安全了，因为那笔奖学金非常丰厚，有个厚颜无耻的人很可能为了击败他的同学们而冒了一次险。

“这件事让班尼斯特非常沮丧。当我们发现试卷被翻弄过之后，他差点晕了过去。我给他喝了点白兰地，任他在椅子上发呆，我则把屋子仔仔细细地检查了一遍。我很快就发现除了翻乱的卷子，那个闯入者还留下了其他痕迹。在窗边的桌子上有一些从铅笔上削下的碎屑，还有一小截断了的铅芯也丢在那儿。显然，这个无耻的家伙匆匆忙忙抄卷子时把铅笔折断了，所以不得不重新把铅笔削尖。”

“天衣无缝！”福尔摩斯说道，当他的注意力更多地被案件所吸引时，他就恢复了他的好脾气，“好运气总是和你做朋友。”

“还没完呢。我有一张新的写字台，桌面是精美的红色皮革。我敢发誓，班尼斯特也敢发誓，桌面光滑，没有一点污渍。现在我发现那上面有一个新口子，大约三英寸长——它不仅是个划痕，而且是故意割破的。还不仅是这些，我还在桌子上发现了一个黑色的小面团或者是小泥球，上面还带着一些斑斑点点的东西，好像是锯末。我相信这些标记都是那个乱翻卷子的家伙留下的。没有脚印，也没有其他的证据证明他的身份。我绞尽脑汁，突然想到一个好主意，就是你在这个镇上，于是我便径直过来，让你来接手这件事。一定要帮我，福尔摩斯先生。你现在明白我的尴尬处境。要么我必须找到那个人，要么这次考试就必须推迟，直到准备好新试卷，而且要这么做就得解释清楚，随之而来的就是骇人听闻的丑闻，那不仅会让学院难堪，也让学校很没面子。最重要的是，我希望不事声张地、圆满地解决这件事。”

“我很愿意实地查看一下，然后尽我所能给你一个建议，”福尔摩斯说着站起身来，穿上外套，“这案子还不是一点儿意思都没有。卷子送到你手上之后，有人到过你屋里吗？”

“有啊，是一个叫岛莱特·莱斯的年轻人，他是一名印度学生，和我住在同一幢楼，他来询问一些关于这次考试的详细情况。”

“他就是为这个来的？”

“是的。”

“那些卷子就在你桌上？”

“我确信，卷子是卷起来的。”

“但或许能看出来是校样？”

“可能吧。”

“你屋里再没有其他人？”

“没有。”

“有没有人知道这些校样会在你那里？”

“除了印卷子的人，再没有其他人知道。”

“班尼斯特认识这个人吗？”

“不认识，当然不认识。没人认识。”

“班尼斯特现在在哪里？”

“他病了，可怜的家伙。我把他扔在椅子上发呆，就急忙赶到你这里来了。”

“你的门没锁？”

“我先把卷子锁起来了。”

“那么，情况是这样的，索米斯先生：除非那个印度学生认出那卷纸就是校样，翻弄过卷子的那个人只是碰巧看到了它们，事先并不知道卷子在你那里。”

“我也认为是这样。”

福尔摩斯露出一丝神秘的微笑。

“好吧，”他说，“我们去看看吧。在你的病例中，华生，没有一桩是精神病，都是身体上的病。如果你愿意，就走吧。现在，索米斯先生愿意为你效劳！”

我们这位主顾的起居室有一个长长的、不高的花格窗户，可以看到这所古老的学院从古时留下来的布满青苔的庭院。一扇哥特式的拱形门通向一段年久失修的石阶。索尔斯先生的房子在底楼。楼上住着三名学生，一人一层。我们赶到事发地点时，已经是黄昏了。福尔摩斯停下来，饶有兴致地看着那扇窗户。然后他走到窗子跟前，踮起脚，伸长脖子，朝屋里看。

“他肯定是从门进去的。除了这一块窗格玻璃，哪儿都打不开。”索尔斯先生对我们说。

“天哪！”福尔摩斯说，他诡异地笑着，瞥了一眼我们的同伴，“好了，如果这里没什么需要了解的，那我们最好进到里面去吧。”

那位讲师打开外面的门，把我们领进他的房子。我们站在门口，福尔摩斯则仔细地将地上检查了一遍。

“我怕这里什么痕迹都没有，”他说，“在这么一个干瘪的日子里，恐怕不能指望有什么收获。你的仆人好像已经没事了。你说你把他丢在椅子上了，哪把椅子？”

“窗户旁边那把。”

“我看到了。离这张小桌子很近。你们现在可以进来了。地毯我已经察看完了。我们现在先来看这张小桌子。当然，发生了什么事已经很清楚了。那个人进来并拿了卷子，一张一张从中间那张桌子上拿下来。他把卷子拿到窗户跟前的这张桌子上，因为从那里它可以看到你是否穿过院子回来，那样他就可以想法逃走。”

“事实上，他不可能，”索米斯先生说道，“因为我走边门。”

“啊，那真不错！好吧，不管怎样，他心里是那么想的。让我看看那三张纸。没有指纹——没有！好了，他先拿的这一张，并且把它抄了下来。他需要多长时间呢，如果把所有的简写手段都用上？十五分钟，不会再少了。然后他把这张扔回去，又抓起第二张。他正抄到中间，你回来了，于是他慌忙离开了——非常慌张，因为他都没有时间把那些卷子放回去，这些卷子会告诉你他来过这里。你走进外面那扇门的时候就没有听到楼梯上有急促的脚步声吗？”

“没有，我不能说我听到了。”

“好吧，他写得特别用力，把铅笔都写断了，正如你观察到的那样，他不得不再削铅笔。这点很有趣，华生。这支铅笔不是一支普通的铅笔。它比一般的铅笔要大，里面是软铅芯，外面的颜色是深蓝色，制造者的名字用银色字母印在铅笔上，这支铅笔剩下的长度大约只有一英寸半。如果你能找到一支这样的铅笔，索米斯先生，你就找到你要找的人了。如果我再加一条，他有一把很大但非常钝的刀，你就又多了一条额外的线索。”

这一大堆信息把索米斯先生搞得有点懵了。

“其他的我都可以接受，”他说，“但是，关于长度——”

福尔摩斯伸过来一小片木屑，上面有nn这两个字母和连在这块木屑后面的一个木片，上面什么都没有。

“你明白了？”

“没有，我恐怕即使现在——”

“华生，还有其他的线索。这nn可能是什么呢？它是一个字的结尾。你知道Johann Faber是最常见的制造者姓名。难道Johann这个名字后面铅笔剩多少还不清楚吗？”他将那张小桌子斜向一边，对着电灯，“我先前希望如果他写字的纸很薄，有些痕迹会透过纸留在这个光滑的桌面上。可是没有，我什么都没看到。我觉得这里没什么需要研究的了。现在轮到中间那张桌子了。我猜这个小圆球就是你说到的那个黑色的、像面团一样的东西。依我看，这大概是锥形的而且有凹陷。和你说的一样，上面好像有锯末一样的颗粒。呵，这真是很有意思。那个划痕——那个明白无误的划痕，起端是个细小的划痕，末端是个锯齿形的小孔。我真得感谢你将我的注意力吸引到这个案子上，索米斯先生。那扇门通向哪里？”

“我的卧室。”

“这件麻烦事出了之后，你进去过吗？”

“没有，我直接到你那里去了。”

“我想到处看看。这间屋子真是很舒服，很古朴！恐怕得劳你等一下，我先检查一下地板。没什么，我什么都没发现。这个窗帘是怎么回事？你的衣服挂在窗帘后面。要是有人必须在这间屋里找一个藏身之处，他肯定藏在那里，因为床太矮，衣柜也太浅。我想，那里没人吧？”

福尔摩斯拉窗帘时，从他略显严肃和警觉的神态中，我明白他不会对什么意外感到吃惊。结果是，窗帘拉开后，除了一排挂钩上挂着三四件衣服外，什么都没有。福尔摩斯转过身来，突然弯下腰对着地板。

“哈，这是什么？”他说道。

那是一个小小的黑色锥体，好像是油灰，跟书房桌子上的那一小团东西一模一样。福尔摩斯将它放在手心拿到电灯光下。

“你的这位来访者不光是在你的起居室留下痕迹，在你的卧室也留下了痕迹，索米斯先生。”

“他在那儿能干什么？”

“我想这很清楚。你出其不意地回来了，直到你走到门跟前，他才发觉。他还能做什么？他胡乱收拾好任何能让他暴露的东西，然后冲进你的卧室把自己藏了起来。”

“天哪，福尔摩斯先生，你是说我和班尼斯特在这间屋子里说话的时候，我们已经把那个人堵住了，只是我们却不知道？”

“我的理解是这样的。”

“确实还有另外一种可能，福尔摩斯先生。我不知道你是否看过我卧室的窗户？”

“花格窗，铅板框架，三个互不相连的窗扇，有一扇在窗轴上晃荡，大得足够让一个人进来。”

“一点不错。从那儿看出去，与院子成一个夹角，所以看不到院子的全部。那个人可能是从这里进来，在穿过卧室时留下了一些痕迹，最后发现门是开着的，就从那里逃走了。”

福尔摩斯不耐烦地摇了摇头。

“我们得重视实际，”他说，“我能否把你的话理解成住在这楼里的三个学生都习惯走你的门？”

“是的，是这样的。”

“那他们住进来都是为了这次考试吗？”

“是的。”

“你是否更怀疑其中的某一个？”

索米斯犹豫不决。

“这是个很敏感的问题，”他说，“你不太可能在没有证据的情况下就随便怀疑。”

“让我们听一下你的怀疑。我来负责证据。”

“那我得先说一下这三个住在这些屋子里的学生的特点。三人中比较高的那个叫吉尔克里斯特，学习很好，还是个优秀的运动健将，在学院的橄榄球队和板球队打球，而且被选拔为校队的跨栏选手和跳远选手。他是个不错的小伙子，很有男子汉风度。他父亲是大名鼎鼎的贾比斯·吉尔克里斯特爵士。可是赛马把他给毁了。我这门课他学得很差，但他非常用功勤奋。他会学好的。

“住在二楼的是岛莱特·莱斯，那个印度人。他是个不爱讲话的、让人觉得不可思议的小伙子。跟大多数印度人一样，他的功课很好，尽管希腊语这门课是他的弱项。他总是不慌不忙，有条不紊。

“顶楼住的是米勒斯·麦克拉仁。他一旦开始做什么，就会做得出类拔萃——是学校最出色的尖子生之一；但他刚愎自用，沉迷于酒色，而且没有原则。一年级的时候，因为一次卡片丑闻，他差点被开除。这学期他一直无所事事，他一定对这次考试忧心忡忡。”

“那么，他就是你的怀疑对象？”

“我还不敢那么说。但在这三个人中间，他的可能性最大。”

“的确是这样。现在，索米斯先生，我们去看看你的仆人班尼斯特吧。”

这个人个子不高，面色苍白，胡子刮得很干净，头发灰白，年纪有五十岁吧。他还在为平静的生活常规被突然打乱而难受。他那张胖乎乎的脸因为紧张而抽搐着，手指不停地抖动。

“班尼斯特，我们正在研究那桩讨厌的事情。”他的主人说。

“我知道，先生。”

“我是否可以这样理解，”福尔摩斯说，“是你把钥匙丢在门上的？”

“是这样，先生。”

“偏偏是卷子在屋里的这一天你这么做，这难道不是太反常了吗？”

“这的确太倒霉了，先生。但其他时候我有时也把钥匙忘在门上。”

“你什么时候进来的？”

“大概是四点半的样子。那是索米斯先生喝茶的时间。”

“你待了多长时间？”

“我看他不在，当时就出来了。”

“你看到桌子上的这些卷子了吗？”

“没有，先生，当然没有。”

“你怎么会把钥匙丢在门上呢？”

“我手里托着茶盘。我想再回来一趟取钥匙。结果我给忘了。”

“外面那道门是弹簧锁吗？”

“不是，先生。”

“那它一直都是开着的吗？”

“是的，先生。”

“屋里的人都能出去吗？”

“是的，先生。”

“索米斯先生回来后把你叫过来时，你非常不安，对吗？”

“是的，先生。我在这儿这么多年，从来没发生过这种事。我差点晕过去，先生。”

“我想也是。你感觉不好的时候，你在哪里？”

“我在哪里，先生？怎么回事，在这里，在门旁边。”

“那就奇怪了，因为你当时坐在那个角落附近的椅子上。你为什么不坐在这里的这些椅子上？”

“我不知道，先生，对我来说，坐在哪儿没什么要紧的。”

“我确实觉得他不了解太多情况，福尔摩斯先生。他当时看起来感觉很不好——吓得够呛。”

“你主人离开时，你就待在这儿？”

“就待了一会儿。然后我就锁上门，回我屋里了。”

“你怀疑谁？”

“呵，我可不敢说什么，先生。我不相信这所大学里会有谁能够靠这种手段捞到好处。不，先生，我不相信。”

“谢谢你，就这样吧，”福尔摩斯说，“对了，还有个问题——”

“你还没有对你服侍的那三位先生提到丢了什么东西吧？”

“没有，先生，一个字都没说。”

“你还没见到他们吗？”

“没有，先生。”

“非常好。现在，索米斯先生，我们到院子里走走，如果你愿意的话。”

越来越重的暮色中，有三盏昏黄的灯在我们头顶发出光亮。

“你的三只小鸟都在他们的巢里呢，”福尔摩斯抬起头来说道，“嘿！那是怎么了？有一个看起来很不安呀。”

福尔摩斯说的是那个印度人，他暗淡的身影突然映现在窗帘上，他正急速地在屋子里踱来踱去。

“我想暗暗观察一下他们每个人，”福尔摩斯说，“有没有可能？”

“绝对没问题，”索米斯先生答道，“这套房子是校园里最古老的房子，有人来参观是常有的事。来吧，我亲自给你们做向导。”

“请不要称呼他们的姓名！”在我们敲响吉尔克里斯特的房门前，福尔摩斯叮嘱道。

一个高个子、黄头发、身材瘦削的年轻人打开房门，他弄清楚我们的来意后，便将我们迎进屋。屋里还真的有几件非常精美的中世纪家具。福尔摩斯被其中一件迷住了，他坚持要把它画在他的笔记本上，他把铅笔弄断了，只好向主人借了一支，最后他还借了一把刀削他自己的铅笔。

同样好玩的一幕也在那个印度人的屋里上演了一遍。他没什么话，身形瘦小，长了个鹰钩鼻子，斜觑着眼睛打量我们，他显然很高兴福尔摩斯对家具的研究终于结束了。

我没发现福尔摩斯在前面两个人的屋子里遇到了他正在寻找的线索。只有在第三个人那里，我们的参观碰了钉子。外面那扇们任我们怎么敲也敲不开，只有一连串的脏话从门后喷出来。

“我才不管你们是谁，滚蛋！”一个恼怒的声音咆哮着，“明天要考试，我不要任何人来打扰。”

“粗鲁的家伙，”我们的向导说道，我们从楼梯往下走时，他气得脸通红，“当然了，他不知道是我在敲门，但不管怎么说，他的行为也太没有礼貌了，而且，在这种情况下的确很可疑。”

福尔摩斯的回答有点古怪。

“你能告诉我他的确切身高吗？”他问道。

“说真的，福尔摩斯先生，我还真不确定。他比那个印度人高，没有吉尔克里斯特高。我想大概有五英尺六英寸吧。”

“这个非常重要，”福尔摩斯说，“现在，索米斯先生，祝你晚安。”

我们的向导既震惊又沮丧，他大喊了起来：“天哪，福尔摩斯先生，你不会真的就这样把我丢下不管了吧！你好像还没意识到现在的形势吧？明天就要考试了，我今天晚上必须采取某种明确的行动。如果有一张卷子已经被人动过了，我就不能进行考试。这种处境必须要面对呀。”

“你一定不能轻举妄动。我明天一早过来把这件事说清楚。可能我会出于某种考虑指出某种行动路线。同时，你什么都不要改变，一点都不要。”

“好的，福尔摩斯先生。”

“你尽管放宽心。我们一定能想办法帮你摆脱困境。我要把这点黑色黏土带回去，还有那些铅笔屑。再见。”

我们从房间里走到黑漆漆的院子里，再次抬起头看了看那些窗户。那个印度人还在屋里踱步。其他两个则看不见。

“好了，华生，你怎么看这件事？”我们走到大街上时，福尔摩斯说，“一个室内小把戏——有点像三张牌的游戏，不是吗？就是这三个人，肯定是其中之一。你选哪一个？”

“那个满嘴脏话的家伙排在第一位，因为他有不良记录。不过，那个印度人也是个狡诈之徒。为什么他一直在屋里踱步？”

“问题不在那里。很多人在记东西时都是这样。”

“他看我们的样子很让人费解。”

“如果你正在准备第二天的考试，每一时刻都十分宝贵，这时一群陌生人来拜访你，你也会那样的。不，我从那个行为中看不出什么不正常。铅笔，还有刀子，都没什么问题。但那家伙确实让我猜不透。”

“谁？”

“你怎么了，班尼斯特呀，那个仆人。他在这件事情当中玩的什么把戏呢？”

“他给我的印象是他绝对是一个诚实的人。”

“他给我的印象也一样。这就让人搞不懂了。为什么一个绝对诚实的人……呵，这有一家大文具店。我们可以在这里开始我们的研究了。”

这个镇上有四家可能告诉我们某种结果的文具店，在每家店里，福尔摩斯都拿出那些铅笔屑，给出很高的价买同样的铅笔。他们都同意预订，因为那不是平常尺寸的铅笔，很少有存货。我的朋友似乎并没有因为他的失败而感到灰心，他只是半开玩笑地耸耸肩，便不再坚持。

“没有用，我亲爱的华生。这是最好的，也是唯一的、最后的线索，但却没有任何结果。不过，我确实不怎么怀疑我们不用它也能一步步把这

个案子的来龙去脉搞清楚。天啊！我亲爱的朋友，已经快九点了，房东太太七点半就在唠叨绿豌豆。你那没完没了的烟草，以及你吃饭总是没规律，我期望你能引起注意，戒掉它，我希望我能和你分担你的痛苦——不过，得等我们解决了那位神经质教师、粗心大意的仆人和那三位志向远大的学生所面临的难题以后再说。”

福尔摩斯那天再没有提及这件事。吃完那顿被推迟的晚饭之后，他就坐在那里沉思。早上八点，他来到我的房间，我刚刚洗漱完毕。

“呵，华生，”他说，“我们该去圣卢克大学了。你不吃早饭行吗？”

“当然可以。”

“在我们告诉索米斯好消息之前，他一定是惴惴不安。”

“你有什么好消息告诉他吗？”

“我想是这样的。”

“你已经有结论了？”

“是的，我亲爱的华生，我已经解开谜团了。”

“但是，你难道有了什么新的证据？”

“啊哈！我六点钟就早早地爬起来，真不是一无所获。我辛辛苦苦忙了两个小时，至少走了五英里，就是为了找到能说明这件事情的证据。看！”他伸出手来。手心里是三个黑色的、像面团似的锥形体。

“怎么回事，福尔摩斯，你昨天只有两个呀。”

“今天早晨又有了一个。第一个、第二个和第三个出自同一个地方，这个说法没有问题吧？华生，走吧，为索米斯解除痛苦去。”

当我们在索米斯的房间里找到他时，这位可怜的教师确实正手足无措，坐立不安。再过几个小时考试就要开始了，而他还拿不定主意是将实情公之于众，还是允许有嫌疑的学生也来竞争这份丰厚的奖学金。

他几乎难以安静地在一个地方待一会儿，他的精神太紧张了，他张开两手向福尔摩斯跑过来。

“谢天谢地，你终于来了！我真怕你在绝望中放弃这件事。我该做什么？考试能进行吗？”

“可以，照常进行，无论如何都要进行。”

“可那个混蛋呢？”

“他不能参加。”

“你知道他是谁？”

“我想是的。如果这件事不能公开，我们就必须自行授权，由我们自己来组成一个小型的私人法庭。你站在那里，如果你没意见，索米斯！华生，你站在这儿！我要把扶手椅搬到中间。我想我们现在有足够的力量让罪犯心中产生恐惧。劳驾，请拉铃！”

班尼斯特走了进来，显然是被我们这副法官的架势吓了一跳，惊讶地向后一缩。

“请把门关上，”福尔摩斯说，“现在，班尼斯特，请告诉我们昨天那件事情的真相好吗？”

他脸色煞白，连汗毛根都白了。

“我已经把什么都告诉你了，先生。”

“没什么要补充的吗？”

“一点都没有，先生。”

“嗯，那么，我必须得给你提个醒儿了。昨天你坐在那把椅子上，你所以坐在那里就是为了藏什么东西吧？这件东西能证明谁先前在这间屋子里。”

班尼斯特满脸恐慌。

“没有，先生，真的没有。”

“这只是个看法，”福尔摩斯温和地说，“我得坦白地承认我没办法证明它。但这种说法似乎是完全可能的，因为索米斯先生刚一转过身去，你就把藏在卧室里的那个人给放跑了。”

班尼斯特舔了舔干裂的嘴唇：“没有人，先生。”

“呵，那真是遗憾，班尼斯特。到目前为止，你本来可以说出真相，但我知道你现在一直在撒谎。”

他脸色阴沉，不愿意承认：“没有人，先生。”

“好了，好了，班尼斯特！”

“真的，先生，没有人。”

“如果是那样的话，你不能给我们提供更多的信息了。请你待在屋里好吗？就站在卧室门旁边。现在，索米斯，我得劳驾你上楼去到吉尔克里斯特的房间，叫他到楼下你的房间来。”

片刻工夫那位教师就回来了，还带着那名学生。这是个身材优雅的人，高挑的个头，行动灵活敏捷，脚步轻快，脸上的表情欣然愉快，看着很诚实。他满是狐疑的蓝眼睛从我们每个人身上瞥过，最后把目光落在站在较远的那个角落里的班尼斯特身上，毫不掩饰他的惊愕和惶恐。

“把门关上，”福尔摩斯说，“现在，吉尔克里斯特先生，我们都是安分守己的人，其他人也没必要知道我们之间交谈的内容，一个字都不需知道。我们可以完全彼此敞开心扉。吉尔克里斯特先生，我们想知道，像你这样一位体面人怎么可能做出昨天那种行为呢？”

这个可怜的年轻人向后趔趄了一下，向班尼斯特投去充满恐惧和责备的目光。

“不，不，吉尔克里斯特先生，先生，我一直都没说过一个字，一个字都没说！”那个仆人哭喊着。

“是没有，但你现在已经说了，”福尔摩斯说道，“现在，先生，你必须明白，等班尼斯特说完，你就彻底没救了，你唯一的机会就是坦白承认。”

过了一会儿，吉尔克里斯特先生举起手，试图控制住自己抽搐的表情。接着便跪倒在桌子旁边，把头埋在手里，抑制不住地抽泣起来。

“好了，好了，”福尔摩斯说道，态度很友善，“人总是要犯错误的，至少还没有人指责你是个冷酷无情的罪犯。或许由我来向索米斯先生说明所发生的一切会更容易些，你可以指出我把什么地方搞错了。我可以说了吗？呵，呵，这个问题不用回答。听好，不要让我冤枉了你。

“索米斯先生，从你告诉我没有人，甚至连班尼斯特也不可能知道卷子在你屋里那一刻起，这个案子在我心里就有了个明确的框架。印卷子的人当然可以排除掉，我也不认为那个印度人有什么疑点。如果校样是卷起来的，他很可能不知道那是什么。另一方面，这似乎是一个不可思议的巧合，一个人有胆量走进这个屋子，而且那天卷子恰巧就在桌子上。我便把那一点排除了。进到屋子里的人知道卷子在屋里。他怎么知道的呢？

“当我走近你的房间时，检查了一下窗户。你认为我当时在考虑有没有可能这个人在光天化日之下，在对面所有这些房间的眼皮底下，从窗子翻进来，这让我觉得有点可笑。这个想法很荒诞。我是在测量这个人得多高才能在走过窗前时看到中间桌子上的卷子。我身高六英尺，我要费点劲才能做到。低于六英尺的人根本不可能。你现在明白我有理由认为，如果你的这三个学生中有谁特别高，他就是三人中最值得怀疑的。

“我走进屋里，我很信任你，把关于旁边那张桌子的想法告诉了你。至于中间那张桌子，我当时什么想法也没有，直到你在描述吉尔克里斯特时提到他是个跳远运动员。我一下子就明白了整个事情，我只需要一些确凿的证据，我很快便得到了。

“事情的经过是这样的：这名年轻人一下午都在运动场上，他在练习跳远。他回来时拿着他的运动鞋，你知道，那种鞋是带钉子的。他路过你窗前时看到了你的桌子，因为他个子特别高。这些校样就放在你的桌子上，所以他推断它们是卷子的校样。如果不是那样，倒也没什么问题，等他走过你门前时，他看见你的仆人因为粗心丢下的钥匙。他突然有种冲动，想进来看看那些纸是不是校样。那样做并不冒险，因为他可以假装说他只是想问个问题。

“好了，当他看到的确是校样时，就在那一瞬间，他没有经得起诱惑。他把鞋放在桌子上。你把什么放在窗户边的椅子上了？”

“手套。”那个年轻人说。

福尔摩斯得意地看着班尼斯特：“他把手套放在了椅子上，一张一张地拿起校样，并且抄了下来。他认为，老师如果回来，肯定会走大门，他就能看见。我们知道，你是走侧门回来的。他突然听到老师已经到房门口了，他不可能跑掉了。他忘记了他的手套，但他拿上鞋冲进了卧室。你注意那张桌子上的划痕，一边很轻，朝卧室门那个方向却很深。光这一点就足以告诉我们鞋是朝那个方向拉走的，作案人就藏在那里。鞋钉周围的泥土留在了桌上，第二块从鞋上掉下来，落在了卧室。我补充一点，今天早上我走到运动场，搞清楚了那种黏性很强的黑土正是沙坑里用的土，我还带走了一点做样本，我还拿了一些很细的鞣料或锯末，这些东西是撒在沙坑里防止运动员脚底打滑的。我说的是事实吗，吉尔克里斯特先生？”

那名学生已经站直了。

“是，先生，是事实。”他说。

“老天！你没有什么要补充的吗？”索米斯叫道。

“不，先生，我有要补充的，只是把这种丢人的事曝光，我很震惊，已经不知所措了。索米斯先生，我这里有一封信，是我今天一大清早给你写的，一晚上都心神不宁，半夜就开始写了。当时我还不知道我所犯的过失已经把我供出来了。这就是那封信，先生。你会明白我说的那些话，‘我已经决定不参加这次考试了。我已经在罗得西亚（前南非的一个地区）的警察局找到了一份工作，我马上就要去南非了。’”

“听到你没有打算利用自己不光彩的优势为自己谋利，我的确很高兴，”索米斯说，“但你为什么要放弃考试？”

吉尔克里斯特指着班尼斯特：“是这个人把我领到了正路上。”

“过来，班尼斯特，”福尔摩斯说，“从我刚才的话里你很清楚，只有你能让这个年轻人出去，因为你被留在屋里，而且你走的时候肯定把门锁上了。至于说他从那扇窗户逃走，这难以令人相信。你能不能为我们解开这个谜团中的最后一个疑点，告诉我们你为什么要那么做？”

“这太简单了，先生，你当时就应该明白的，但即使用上你全部的聪明，你也不可能明白。从前我是贾比斯·吉尔克里斯特爵士——就是这位年轻绅士的父亲——的管家。他破产以后，我就来到这所大学做了仆人，但我永远都忘不了我的老主人，因为他已经不在这个世界上了。为了那些过去的日子，我照料着他的儿子。好了，先生，我昨天进到这间屋子里时就吓了一大跳，我看到的第一件东西就是吉尔克里斯特先生的鞣革手套扔在椅子上。我太熟悉这双手套了，我也明白它们意味着什么。如果索米斯先生看到它们，就没戏了。我一屁股坐在那把椅子上，一动也不动，直到索米斯先生到你那里去了。随后，我那位可怜的小主人出来了，他向我坦白了一切。先生，难道我救他不是很自然的事吗？我跟他讲道理，让他明白他不能用这种方式谋取利益，难道这不是很自然吗？这就是他父亲会做的事。你能责怪我吗，先生？”

“不，确实不能。”福尔摩斯真诚地说，同时站了起来。

“好了，索米斯，我想我们已经解决了你的这个小问题，我们的早饭还在家里等我们吃呢。结束了，华生！至于你，吉尔克里斯特先生，我相信一个光明的前途在罗得西亚等着你。你堕落过一次。让我们拭目以待，看你在未来能走多远。”

（余莉译）

金边夹鼻眼镜

有三本厚厚的手稿，记录着我们1894年的工作。要从这样丰富的材料里选出一些最富于趣味、又最能说明我朋友的特殊才能的案例，对我说来是很困难的。我翻阅了这些手稿，在这里可以看到令人憎恶的红水蛭事件以及银行家克罗斯倍的惨死；看到阿得尔顿惨案，以及英国古墓内的奇异的葬品；还可以看到著名的史密斯·莫梯麦继承权案件。在这期间，福尔摩斯由于追踪并且逮捕了布洛瓦街的杀人犯贺瑞特，曾得到法国总统的亲笔感谢信和勋章。虽然这些都可以写成极好的故事，不过总的说来，我以为这些都比不上约克斯雷旧居的事件，这里有许多扣人心弦的情节，不仅有青年威洛比·史密斯的惨死，还有许多起伏跌宕的插曲。

那是在11月底的一个狂风暴雨的深夜。福尔摩斯和我默默地坐在一起，他用一个高倍的放大镜辨认一张纸片上的残留字迹，我在专心阅读一篇新的外科论文。外面狂风呼啸着横扫贝克街，雨点猛烈地敲打着窗户。说来也怪，住在市中心、方圆十英里以内全是人造建筑物的地方，却仍然感到大自然对于人类的无情威胁，而且我还意识到，在大自然巨大的力量面前，整个伦敦并不比田间野外的无数小土丘更坚固。我走近窗户，向着那寂静无人的街道望去，只见远处出现一缕阳光，照到泥泞的小路和发光的马路上。一辆单骑出租马车，正从牛津街的尽头溅着泥水驶过来。

福尔摩斯放下放大镜，卷起那张纸片说：“华生，幸好我们今晚没有出去。我刚才做了不少事。这都是些伤眼睛的工作。依我看来，这不过是15世纪后半期的一所修道院的记事簿。喂！喂！这是什么声音？”

在呼呼的风声中，又传来嗒嗒的马蹄声，还有车轮碰到人行道的石边的声音。我看到那辆出租马车在我们门前停了下来。

看见一个人从马车里走出来，我喊道：“他要做什么？”

“怎么，他要找我们。可是我们还要准备大衣、围巾、套鞋等在坏天气用的各样东西。等一下！出租马车走了！这下可好了！要是他想请我们出去，他一定会让马车留下等着。亲爱的华生，别人全早睡下了，你快下楼去开开门。”

客人刚走到门厅的灯下，我立刻认出来了——他是年轻的斯坦莱·霍普金斯，是一位很有前途的侦探，福尔摩斯对他的工作很感兴趣。

福尔摩斯急切地问我：“他进来了吗？”

“亲爱的朋友，”福尔摩斯站在楼上开玩笑地对他说，“请上楼来。我希望在这样的夜晚你不会对我们怀有什么不良企图吧！”

这位侦探登上楼梯，灯光照到他的雨衣上，雨衣闪着光。我帮他脱掉雨衣，福尔摩斯把壁炉的火捅得更旺。

福尔摩斯说：“亲爱的霍普金斯，靠近火一点，暖暖你的脚。请吸支雪茄。我们的大夫还要给你开个处方。在这狂风暴雨的夜晚，热开水加柠檬是一剂上等良药。你在这个时候到来，一定有什么重要的事吧？”

“福尔摩斯先生，一点也不错，你知道我今天下午忙得不可开交，你看了晚报上约克斯雷那件事吗？”

“对于15世纪以后的事情，我今天全都没看。”

“报上只是一小段，而且完全不符合事实，所以读不读没有关系。我倒是抓紧时间到现场去了一趟。约克斯雷在肯特郡，离凯瑟姆七英里，距铁路线三英里。下午三点十五分我接到电话，五点钟时我就到了约克斯雷旧居，进行了现场调查，然后乘最后一列火车到了查林十字街，又雇了一辆出租马车就一直到你这儿来了。”

“我想你还没弄清楚这个案件吧？”

“是的，我搞不清事情的起因。我觉得事情直到现在还像我去调查前一样模糊，可是开始调查的时候好像很简单而不会出错。福尔摩斯先生，没有目的的行凶怎么可能呢？使我烦恼的是，我找不到行凶的目的。有一个人死了——当然谁也不能否认这件事——可是，我看不出来有人要害他的理由。”

福尔摩斯点上雪茄，然后往椅背上一靠说：“请你详细谈谈。”

霍普金斯说：“我已经把事实完全弄清楚了，可是这些事实的意义我还不能理解。根据我的调查，事情是这样的：几年前，年长的考瑞姆教授买了这栋乡村宅邸——约克斯雷旧居。教授因为有病，总是半天躺在床上，半天拄着手杖在住宅周围一跛一跛地走走，或是坐在轮椅上让园丁推着他在园内转转。邻居很喜欢和他来往。他在那儿是位有名的、学识渊博的人。他家里有一位年纪较大的管家马可太太，还有一位女佣人苏珊·塔尔顿。自从他到这儿以来，一直是这两个人服侍他，这两个女人似乎名声不错。这位教授正在写一本专著。大约一年前，他感到需要雇用一位秘书。他请过两位，全不合适。第三位是威洛比·史密斯先生，是个刚从大学毕业的青年人，教授对他很满意。秘书的工作是，上午记录教授的口述，晚上查阅资料以及与第二天工作有关的书籍。秘书史密斯无论是年幼的时候，还是在剑桥读书的时候，行为都很好，教授十分满意。我看了他的证明书，他一直是个品行端正、性情温和、工作很努力的人。正是这样的一个青年，今天上午在教授的书房里遭到了谋害。"

狂风在吼叫，刮得窗户吱吱作响。我和福尔摩斯不约而同地向壁炉移近了一些。这位年轻的侦探继续不慌不忙地叙述着这个故事。

他说："我想整个英格兰没有一家像教授这样地与外界隔绝。一连几周，他家可以没有一个人走出园子的大门。教授只埋头于他的工作，对于其他一切都不闻不问。史密斯连一个邻居也不认识，过着和他主人一样的生活。也没有什么事情需要那两位妇女走出这座庭院。推轮椅的园丁莫提迈尔，从军队领取抚恤金，他参加过克里木战争，也是一个好人。他住在花园的一头，那儿有三间农舍。在约克斯雷旧居内只有这些人。而且，花园的大门与从凯瑟姆到伦敦的大路相距只有一百码远。门上有个门闩，谁都可以随便进来。

"现在我给你们讲苏珊·塔尔顿的证词，只有她还能说出一点当时的情况。事情发生在上午十一点到十二点之间。那时她正在楼上，在前面的卧室里挂窗帘。考瑞姆教授还躺在床上——在天气不好的时候，他过了中午才起床。女管家在房后忙着干活儿。史密斯在他的卧室里，他的卧室也是他的起居室。这时她听到史密斯走过过道，下楼走进书房，书房正好在她脚下。她没有看见史密斯，但是她说根据史密斯的迅速、有力的脚步声她不会弄错。她没有听到关上书房门的声音，不一会儿从下面的屋子里就发出了可怕的叫声。叫声是嘶哑的、绝望的，也是很怪的、不自然的，所以分辨不出是男人还是女人的声音。同时，又传来重重的脚步声，震得这所旧房屋都摇晃了，然后一切又安静了。苏珊惊得发呆，过一会儿她才鼓起勇气走下楼去。她看见书房的门关上了，她打开门看见史密斯躺在地板上。起初她没看见伤口，但是当她想要抬起史密斯的时候，才看见血顺着史密斯的脖子直往下流。脖子上刺了一个不大但是很深的伤口，切断了颈动脉，刺杀用的工具是一把放在写字台上封文件用的小刀。刀把是象牙的，刀背很硬，小刀是教授书桌上的用具。

“起初女仆以为史密斯已经死了，她用冷水瓶往史密斯的前额上倒水的时候，史密斯睁开了一会儿眼睛，喃喃地说：‘教授，是她。’苏珊保证这是史密斯说的原话。史密斯还努力想要说什么，还曾举起右手，不过随后就放下手死了。

“这时女管家也已经到了现场，但是她晚了一步，没有听到史密斯临终的话。她把苏珊留下看着尸体，自己跑到楼上教授的卧室。教授正坐在床上，惶恐不安，因为他从听到的声音知道发生了不幸的事。马可太太说得很肯定，教授还穿着睡衣，莫提迈尔通常是十二点钟来帮助教授穿衣服。教授说他听到了远处的叫声，其他的事就不知道了。他也没法解释这个青年临终的话：‘教授，是她。’不过，他认为这是神志不清的胡话。教授认为史密斯并没有仇人，无法解释这件谋杀案的原因。他当时立即吩咐莫提迈尔去叫当地警察。又过了一会儿，当地警长把我找去。我到那儿之前，什么东西都没有移动，并且警长还严格地规定，不许人们从小道上走近那所房子。福尔摩斯先生，这件案子是运用你的理论的好机会，条件已经都具备了。”

我的朋友带着微笑幽默地说：“条件齐全了吗？还缺少歇洛克·福尔摩斯先生呢。我们先听听你的意见，霍普金斯先生，你认为这件谋杀案是怎么一回事？”

“福尔摩斯先生，我先要请你看看这张略图，从图上可以粗略地看出教授的书房的位置以及有关处所的位置。这样你会很容易地了解我的侦查。”

霍普金斯打开那张略图，放在福尔摩斯的膝盖上。我站起来，走到福尔摩斯身旁，从他的背后看着这张图。现在我把它誊写在下面：

“当然这张图很粗略，只画了我认为重要的几处，其他地方在我讲述的时候你可以想象出来。我们首先假设凶犯走进了书房，但他是怎样进来的呢？毫无疑问，他一定是经过花园的小道，从后门走进来的，因为这是一条直通书房的捷径，从别处走都要绕远。而且凶犯一定也是顺原路逃跑的，因为书房的另外两个出口，一个早就在苏珊下楼的时候锁上了，另一个直接通到教授的卧室。所以，我一开始就注意花园的小道，由于最近多雨，小道很潮湿，一定能看得出足迹。

“我在侦查中发现凶手很谨慎、老练，小道上看不出足迹。不过很明显，有人曾沿着小道两旁的草地边走过，因为那里的草被踩倒了。这个人准是凶杀犯，因为雨是在夜里开始下的，而园丁和别的人当天早晨都没到那里去过。”

福尔摩斯说：“请停一下，这条小道通到什么地方？”

“通到大路。”

“小道有多长？”

“大约一百码。”

“在大门附近一定可以找到痕迹吧？”

“遗憾的是大门旁的路是铺了砖的。”

“那么，大路上有痕迹吗？”

“大路全踩成了烂泥。”

“真遗憾！那么草上的足迹是进来的还是出去的呢？”

“那不太好说，因为足迹的方向很不明显。”

福尔摩斯露出了不耐烦的样子，他说：“的确。雨一直下得很大，风刮得也很猛，分辨脚印可能比我看那张纸片还要困难。这是没办法的事。霍普金斯，当你知道已经毫无办法的时候，你打算怎么办呢？”

“福尔摩斯先生，我想我还是弄清了一些情况的。我敢肯定是有人从外面谨慎地走进了屋内，我还检查了过道。过道铺着椰子毛编的垫子，垫子上没有什么痕迹。我从过道走到书房。书房里的家具不多，主要有一个写字台，下边有个固定着的柜子。柜子有两排抽屉，中间是个小柜，抽屉全开着，小柜锁着。抽屉大概经常开着，里面没有贵重的东西。小柜里有些重要文件，但不像是被翻弄过的。教授对我说，他没有丢失什么东西。看来确实也没有被偷走什么东西。

“我走到这个青年的尸体旁边。尸体靠近柜子的左边，图上已经标明。刀子刺在脖子的右边，是从后向前扎过去的，所以不可能是自杀。”

福尔摩斯说：“除非他摔倒在刀子上。”

“是的，这个想法我也有过，可是刀子在离尸体几英尺外的地方，因此这是不可能的。当然，死者自己的话‘教授，是她’也可以作证。另外，还有一件最重要的证据握在死者右手中……”

霍普金斯从口袋里取出一个小纸包。他打开纸包，取出一副金边夹鼻眼镜，眼镜一端垂着一条断成两截的黑丝带。他说：“史密斯的视力很好。这副眼镜一定是从凶手的脸上或是身上夺过来的。”

福尔摩斯接过眼镜，饶有兴趣地赏玩起来。他把眼镜架在自己的鼻梁上，试着看东西，又走近窗户向外面巡视，然后便凑到灯光下仔细地观察这副眼镜。最后，他哈哈大笑起来，坐在桌旁拿起一张纸，写了几行字，然后扔给对面的霍普金斯。

他说：“我只能这样帮助你，也许有些用处。”

霍普金斯大声地读道：

寻找一位穿着体面、打扮得像贵族的妇女。她的鼻子很宽，眼睛紧挨鼻子，前额上有皱纹，面容呆滞刻板，也许她还有点削肩。有些迹象表明，最近几个月里她至少两次去过同一家眼镜店。她的眼镜度数很深。这座城市眼镜店不多，要找到她并不难。

霍普金斯露出非常惊异的神色，此时我的面部表情一定也是同样的，而福尔摩斯只是微笑了一下，接着又说："得出以上的结论是很容易的。什么东西也不如眼镜能够这样有力地说明问题，何况这又是一副特别的眼镜呢？考虑到眼镜的精致以及死者的遗言，不难推论出眼镜是属于一位妇女的。至于说她是一个文雅的、穿着体面的人，那是因为我认为，一个带金边眼镜的人在服饰方面是不会邋遢的。你注意到了吗？这副眼镜的夹子很宽，这说明这位女士的鼻子底部很宽，这样的鼻子一般都是短而粗的，不过也有很多例外，所以这一点我不敢过于武断。我的脸型是狭长的，可是我的眼睛还对不上镜片的中心，可见这位妇女的眼睛长得十分靠近鼻子。华生，你看得出镜片是凹陷的，度数很深。一个人平时总要眯着眼睛看东西，这必然会在生理上产生一定影响，使前额、眼睑以及肩膀具有某些特点。"

我说："是的，我能理解你的推论。但是，我必须承认，我不能理解你怎样得出她两次去眼镜店的说法。"

福尔摩斯把眼镜摘下拿在手中。

他说："你们可以看见，眼镜的夹子衬着软木以防压痛鼻子。这里，一块软木褪了色，而且有点磨损，可是另一块是新的。显然这边有一块软木掉过，并且换了新的。而这块旧的软木，我认为装上不过几个月。两块软木完全相同，所以我推测她去过同一家眼镜店两次。"

霍普金斯羡慕地说："天啊！妙极了！所有的证据全在我的手中，可是我却无能为力，不过我倒是想过要去伦敦各家眼镜店的。"

"当然，你是应该去的。你还有什么要告诉我的吗？"

"没有了，我知道的并不比你多，也许你知道的要更多些，凡是在那条大路上或是火车站上出现的陌生人，我们全都盘查过。我们没有得到什么情况。令人伤脑筋的是，这件谋杀案的目的。谁也说不清到底是为了什么。"

“啊！这我可没办法帮助你了。你是不是要我们明天去看看呢？”

“福尔摩斯先生，如果你能去的话，那太好了。早晨六点钟有火车从查林十字街开到凯瑟姆，八九点钟就可以到约克斯雷旧居。”

“那么我们就坐这趟火车。这个案件有些方面确实使人很感兴趣，我愿意调查一下。快一点了，我们最好睡几个小时。你在壁炉前面的沙发上睡，一定很舒服。明天动身以前，我点上酒精灯给你煮一杯咖啡。”

第二天早晨，风已经停了。我们动身上路时，天气依然很冷。严冬的太阳无精打采地照在泰晤士河以及两岸的沼泽地上。经过一段令人厌倦的路程，我们在离凯瑟姆几英里远的车站下了火车。在等候马车时，急急忙忙吃了早饭，所以，一到约克斯雷旧居，我们便立即开始了工作。一位警察在花园的大门口等候我们。

“威尔逊，有什么消息吗？”

“先生，没有。”

“有没有人报告看见了生人？”

“没有。昨天火车站那儿既没有生人来，也没有生人从那儿走。”

“你问过旅店和其他一些可以住宿的地方了吗？”

“问过了，先生，找不到一个和谋杀有关的人。”

“从这儿走到凯瑟姆不算远。有人待在凯瑟姆或是去上火车是不会不被注意的。福尔摩斯先生，这就是我说的那条小道。我保证昨天小道上没有足迹。”

“草地上的足迹是在小道的哪一边呢？”

“先生，这一边。在小道和花坛之间的、很窄的边缘上。现在看不见了，可是我昨天还看得很清楚。”

福尔摩斯弯腰看着草地说：“是的，有人经过这儿。这位妇女走路一定很小心，不然的话，她会在小道上留下痕迹的，如果在小道的另一边走，就会在湿软的地上留下更清楚的痕迹。”

“是的，先生，她一定是一个头脑很冷静的人。”

福尔摩斯聚精会神地思考着："你说她一定是从这条路走出去的？"

"是的，先生，没有别的路。"

"从这一段草地上吗？"

"肯定是这样，福尔摩斯先生。"

"哼，这件谋杀案干得很出色，很出色！小道已经到头儿了吗？我们再往前走。我想花园的这扇小门通常是开着的吧？唔，那么这位客人一定是从这儿走进屋的。那时她还没有想到杀人。不然的话她会带着武器，而不必去拿写字台上的刀子。她走过过道，在椰子毛的垫子上没有留下痕迹，然后走进了书房。她在书房待了多久，我们没法判断。"

"先生，不过几分钟。我忘记告诉你了，女管家马可太太在出事不久前还在书房里打扫，她说大约在出事一刻钟以前。"

"这告诉我们一个时限。这位夫人进到屋内做了些什么呢？她走到写字台旁边，为什么要走近写字台？不会是为了抽屉里的东西……要是有值得她拿的东西，一定也已经锁起来了……她是要拿小柜里的东西，咦！小柜上像有什么东西划过，这道痕迹是怎么回事？华生，点根火柴。霍普金斯，你为什么没有告诉我这道划痕呢？"

福尔摩斯检查了这道划痕，它是从钥匙孔右边的铜片上开始的，大约有四英寸长，小柜表面上的漆被划掉了。

"福尔摩斯先生，我看见了，不过钥匙孔周围总是有划痕的。"

"这个划痕是新的，很新。你看，铜片上划过的地方有多亮啊！旧的划痕颜色和铜片表面颜色是一样的。你用我的放大镜看一下这里的油漆，这条痕迹两边的油漆像犁沟两旁翻起的土一样。马可太太在吗？"

一位年纪较大的、面带愁容的妇女走进屋里。

"你昨天上午擦过这个柜子吗？"

"是的，先生。"

"你看到这条痕迹了吗？"

"先生，我没有。"

“肯定没有，不然抹布会把油漆的粉屑擦掉的。谁拿着这个柜子的钥匙？”

“钥匙挂在教授的表链上。”

“是一把普通的钥匙吗？”

“是一把车布牌的钥匙。”

“好，马可太太，你可以走了。现在我们有一点进展了。这位夫人走进屋子里，来到柜子前，不是已经打开了它便是要设法打开。正在这个时候，史密斯来到屋里。她匆匆忙忙抽出钥匙，不小心在柜门上划了一道痕迹。威洛比捉住了她，她抄起一件近手边的东西，正好是那把刀子，向史密斯扎去，好让史密斯放开她。这一扎使史密斯受了致命伤。史密斯倒下了，她逃跑了，也许带着她要拿的东西，也许没有带着。女仆苏珊在这儿吗？苏珊，你听见喊叫的声音以后，她能从那扇门走掉吗？”

“不能，先生，那是完全不可能的。要是有人在过道里，我不必到楼下来就可以看见。这扇门没有开过，不然的话，我会听到声音的。”

“这边的出口没问题了。那么这位夫人一定是从她来的路逃出去的。我知道这面的过道通到教授的卧室。那这里没有出口吧？”

“没有，先生。”

“走，我们一起去看一看教授。喂，霍普金斯，这点很重要，确实很重要：通向教授卧室的过道也铺着椰子毛垫子。”

“可是，这与案情有什么关系呢？”

“你看不出来吗？我并不坚持一定有关系，可是我觉得会有帮助。我们一起去，你把我介绍一下。”

我们走过这个过道，它和通向花园的那个过道同样长。过道的尽头有一段楼梯，楼梯尽头是一扇门。霍普金斯敲了门，然后就把我们带进教授的卧室。

这间房很大，屋里堆满了书籍，书架上，书柜下，到处都是书，一张单人床放在屋子正中央。这栋房子的主人，正靠着枕头躺在床上。我从来没有看见过外貌这样奇特的人。教授面庞瘦削，长着鹰钩鼻子，他转过脸，我们看到一对敏锐的深蓝色眼睛深陷在眼眶中，成簇的眉毛低垂着，他的头发和胡须全白了，只有嘴巴周围的口髭还有些发黄。在蓬乱的白胡须中，一支烟卷发出亮光。屋子里充满了难闻的陈旧的烟草味，他向福尔摩斯伸出手的时候，我看见他手上沾满了黄色的尼古丁。

他说话很注意用词，并且声调十分缓慢："福尔摩斯先生，你抽烟吗？请抽一支吧。这位先生，你也抽一支吧，我愿意让你尝尝这烟，因为这是亚历山大港[①]的埃俄尼弟斯为我特制的。他每次寄来一千支，每两周我必须让他寄来一次。这不好，很不好，可是有什么办法呢？一个老人又没有什么可以娱乐的。留给我的只有烟草和工作。"

福尔摩斯点燃一支烟卷，一边用眼睛满屋子瞥来瞥去。

老人感慨地说："烟卷和工作，可是现在只有烟卷了。唉！发生这件事实在是不幸，连我也无心工作了！这真是祸从天降呵！多么难得的一个好青年呵！我敢担保，再经过几个月训练，他会成为一个很好的助手。福尔摩斯先生，你怎么看这件事呢？"

"我还没有想好。"

"如果你能帮助我们弄清这件没有头绪的案子，我会非常感激你的。像我这样的书呆子和残废人，受到这种打击，简直是当头一棒，我连思考的能力都没有了。好在你来了，而且又那样精明强干，你的天赋和职业那样紧密地结合在一起，使得你在任何紧急情况下都能够处之泰然。有你帮助我们，实在是万分荣幸。"

福尔摩斯在屋子里走来走去，而老教授还在不停地讲着。我注意到福尔摩斯烟吸得很快。看来，他也像这屋子的主人一样，很喜欢这种新寄来的亚历山大烟卷。

老人说："是的，先生，这是一次毁灭性的打击。小桌子上的那一叠

① 埃及的一个海港。——译者注

稿件是我的著作。我对天启教派的理论基础作了深入的研究，并且分析了在叙利亚和埃及的科普特寺院中发现的文献。因此，这部著作是很有价值的。但是，由于我的身体日益衰弱，又失去了助手，我真不知道还能否继续完成此部著作。呀！福尔摩斯先生，你吸烟比我还快！”

福尔摩斯笑了。他从烟盒中又取出一支，这已经是第四支了，用剩下的烟头点着，然后说道：“我是一个鉴赏家。我不想长时间地盘问你，给你找许多麻烦。考瑞姆教授，我知道，出事的时候你在床上，所以什么也不知道。我只想问一个问题，可怜的史密斯最后说，‘教授，是她’，你认为他的意思是什么？”

教授摇了摇头说：“苏珊是个农村的女孩子。你知道这种人是愚蠢得令人难以置信的。我想这个青年人只是咕哝了一些不连贯的胡话，而苏珊却错误地把它理解成了意思不明的话。”

“那么，你自己对于这件事怎样解释呢？”

“可能是个偶然事件，也可能是自杀。不过，我只在我们自己人里这样说说，青年们都有些隐藏在内心的烦恼，如像爱情这类的事，这是我们无法知道的。或许这比谋杀的可能性更大一些。”

“可是怎样解释那副眼镜呢？”

“我不过是一个读书人，一个好空想的人。我不善于解释生活中的实际事物。但是，我的朋友，我们知道爱情的晴雨表是有其特殊的表现形式的。请务必再吸一支烟。我很高兴你能这样赏光。当一个人要结束自己生命的时候，可以把一把扇子、一双手套、一副眼镜等任何东西当作珍品拿在手中。这位先生谈到草地上的脚印，这种推测是很容易弄错的。至于刀子，很可能是史密斯摔倒的时候丢出去的。可能我说得不对。总之，我认为史密斯是自杀身死的。”

这种解释似乎使福尔摩斯感到惊异，不过他继续踱来踱去，专心思索，一支又一支地吸着烟。

过了一会儿，他说：“考瑞姆教授，请告诉我写字台的小柜里装着什么？”

“没有什么使小偷感兴趣的东西。里面是家里人的证件，我不幸的妻子的来信，我在一些大学的学位证书。这是钥匙，你自己可以去看看。”

福尔摩斯接过钥匙看了一会儿，然后又把它还给教授。

他说：“我想钥匙对我没什么用处。我倒更愿意悄悄地到你的花园里，把情况好好思考一下。你提出的自杀的说法，还是应该考虑的。考瑞姆教授，很抱歉我们突然来打扰你。午饭以前我们不再来打搅你了。两点钟的时候我们再来，向你报告有关情况。”

说来也怪，福尔摩斯好像有些心不在焉。我们在花园的小道上，默默地来回走了许久。

我后来问：“你有线索了吗？”

他说：“这完全取决于我所吸的这些烟卷。也有可能我完全错了，不过，烟卷会告诉我的。”

我惊讶地说："亲爱的福尔摩斯，你怎么——"

"你会明白的。如果不是这样，并没有害处。当然，我们还可以再去找眼镜店这个线索。可是如果眼镜店这个线索不对头，我就找到了解决问题的捷径。啊！马可太太来了！我们要和她好好谈五分钟，这对于破案会有启发的。"

我早就应当指出，如果福尔摩斯愿意的话，他是很会讨好女人的，并且他还能很快就取得她们的信任。没有用五分钟，他便得到了这位女管家的信任，并且和她谈得很投机，像是多年的老朋友一样。

"是的，福尔摩斯先生，正像你说的那样，一定是有什么不好的事情使教授不断地吸烟，有的时候简直是整天整夜地吸烟。有一天早晨我到他那儿去，屋子里满是烟气，就像伦敦的雾那样浓。可怜的史密斯先生也吸烟，但是不像教授吸得那样厉害。对于教授的健康，哼，我不知道吸烟是有好处还是有害处。"

福尔摩斯说："啊，可是吸烟妨害食欲。"

"先生，这我不懂。"

"我想，教授吃东西一定很少。"

"我应该说，他的食量时大时小。"

"我敢打赌，他今天早晨一定没有吃早饭。我看见他抽了这么多支烟，大概午饭也吃不下了。"

"先生，你输了，事情和你想的完全不一样，他今天早晨吃得很多。我从来没有看见过他吃这么多，而且午饭他又要了一大盘肉排。真叫我吃惊。可是我呢，自从昨天早晨我看见史密斯先生倒在屋里地板上起，我对吃的东西就连看都不想看了。是的，世界上有各式各样的人，教授可没因为这件事吃不下饭。"

整整一个上午，我们在花园里消磨过去了。霍普金斯到村子里去调查了一些传言，据说前天清早有几个孩子在凯瑟姆大路上看见了一个奇怪的女人。至于我的朋友呢，听到这个消息后就变得像一个有气无力的人，我从来没有看见过他这样心不在焉地处理案子。甚至连霍普金斯带回来的消息，也没能引起他的兴趣。霍普金斯说：“有的孩子确实看见过一个相貌完全像福尔摩斯所说的那样的妇女，她戴着一副眼镜，也许是夹鼻眼镜。”

吃饭的时候，苏珊一边服侍我们，一边也积极地讲了一些情况。他的话倒引起了福尔摩斯的极大兴趣。苏珊说：“昨天清晨史密斯先生出去散步，回来只有半小时便发生了这件惨案。”

我实在不能理解，散步这件事对整个案情有什么影响？可是我清楚地看出，福尔摩斯把这件事纳入他对整个案件的解释里了。突然福尔摩斯站了起来，看了一下表说：“两点了，先生们，我们该上楼去了，和我们这位教授把事情谈个明白。”

这位老人刚刚吃过午饭，桌上的空盘子说明他的食欲很好，女管家说得很对。当他转过头来，闪烁的目光投向我们时，我感到他确实是个神秘的人物。他已经穿好衣服，坐在火旁的一个扶手椅上，嘴上仍然抽着烟。

“福尔摩斯先生，你搞清这个离奇的案子了吗？”他把桌子上靠近自己的一大铁盒烟卷推向福尔摩斯一边。于是福尔摩斯伸出手去，不料他们二人把烟盒打翻了，烟卷滚了满地。我们只好跪下来，到处拣散落的烟卷，足足用了一两分钟。当我们站起来的时候，我看到福尔摩斯眼睛里闪烁着光芒，他的两颊显得特别红润。在他脸上稍纵即逝的这种临战的表情，我只在最危急的情况下看到过一次。

他说：“是的，我已经弄清楚了。”

霍普金斯和我目瞪口呆。老教授憔悴的面孔不停地颤动着，同时露出讥讽的嘲笑。

“真的！在花园里？”

“不，在这里。”

“这里！什么时候？”

“就是现在。”

“福尔摩斯先生，你一定是在开玩笑。我不得不提醒你，这是件极其严肃的事情，你不能这样随随便便。”

“考瑞姆教授，我的结论的每个论点都是经过调查核实的，所以我敢肯定它是对的。至于你的动机是什么，以及在这个奇怪的案件中你扮演了什么角色，我还不能确定。过几分钟你或许会亲口对我讲。为了给你个方便，还是由我来把这两天发生的事叙述一下，这样你也可以明白我还要查问什么。

“有一位妇女昨天走进你的书房，她来的目的是要拿走你写字台柜子里的文件。她身上带有一把钥匙。至于你的钥匙，我已经检查过，你的钥匙上没有那个划痕能够造成的轻微褪色，我从有关证据得知，你并不知道她来抢文件，所以你不是从犯。”

教授吐出一口浓烟说：“这倒很有趣，而且对我颇有启发。那么这位女士的情况，你已经弄清了不少，当然你也能说出她以后的行动喽？”

“不错，先生，我是要说的。起初你的秘书抓住了她。为了脱身，她就抓起小刀向这位秘书刺去。不过，我倾向于把这个案件看成是不幸的偶然事件，因为我认为这位女士并不想刺死秘书；如果是预谋杀人，她必定自己带着武器。结果，她做的事使她非常害怕，她不顾一切地要赶快逃走，不料在和史密斯厮打的时候，她丢了眼镜。她近视得很厉害，不戴眼镜什么也看不清。她沿着一个过道跑，以为就是来的时候走的过道，凑巧的是两边过道全铺着椰子毛织的垫子。当她知道走错了的时候，已经太晚了，退路已被切断。怎么办呢？她不能退回去，又不能站在那儿不动，她只好继续向前走。她上了楼梯，推开房门，便来到你的房中。”

老教授坐在那儿，张着嘴，目不转睛地看着福尔摩斯，脸上露出极度的惊讶和恐惧。他故作镇静地耸耸肩，发出一阵假笑。

他说：“福尔摩斯先生，你的推论很不错，可是有一个小漏洞。你知道，我一直在屋里，一整天都没有离开过。”

“考瑞姆教授，我知道这一点。”

"那就是说我躺在床上，没有注意到有位妇女来到我屋里？"

"我并没有这样说。你注意到了有人来。你和她讲话，认识她，并且你要协助她逃脱。"

教授又高声笑了起来。他猛地立起身，眼睛里飘着最后一线希望。他大声喊道："你发疯了！你在说胡话！我帮助她逃脱？她现在在哪儿？"

福尔摩斯指着放在屋子一角的一个高高的书柜，冷静地说："她在那里。"

霎时，老人惊呆了，他举起颤抖的双手，接着整个躯体却又颓然落倒在椅子上。这时，屋角上的书柜门自动打开了，一位妇女急匆匆地走出来，站在屋子中间。她用很怪的异国语调说："你对了！你对了！我是在这儿。"

她满身满脸都是一道道的尘土，衣服上还挂着从墙上蹭来的蜘蛛网。她长得并不漂亮，她的体型和脸型正是像福尔摩斯所推测的那样，此外，她的下巴也比较长，显得很顽强。她的视力本来就很差，同时又是刚从暗处到明处，因此她站在那儿眨着两眼，努力要看出我们的位置和身份。尽管她并不漂亮，但是举止端庄，神态从容，表现出一种顽强和豪迈的精神，使在场的人无不为之起敬。

霍普金斯抓住她的手臂，就要给她戴上手铐。她神色庄严地把霍普金斯轻轻推开。老教授仰靠在扶手椅上，微微颤抖着，目光阴郁地看着她。

她说："先生，我是被捕了。我站在柜子里可以听到一切，所以我知道你们已经弄清了事实。我愿意交代全部事实，是我杀死了那个青年。你说那是意外事件，这是对的。我不知道我手中拿的是刀子，因为我从桌子上抓起一件东西，便绝望地向那个青年刺去，好让他放开我。我说的是真实情况。"

福尔摩斯说："夫人，我相信你说的是事实。我看你身体很不好。"

她的脸色很难看，加上一道道的尘土，简直显得可怕。她坐到床边上继续说："我剩下的时间不多了，可是我仍然要把全部事实告诉你们。

我是这个老人的妻子。他不是英国人，而是俄国人，我不想说出他的名字。”

这个老人显得心情激动，他喊道：“安娜，上帝保佑你，上帝保佑你！”

她非常藐视地向着老人看了一眼说：“塞尔吉斯，你为什么一定要过这种痛苦的生活呢？你一生毁掉了许多人，甚至对于你自己也没有好处。可是，是否在上帝召唤你之前便结束你的生命，这要由你自己决定。但是，我一定要说，不然的话我便没有时间了。

“先生们，我说过我是这个老人的妻子。我们结婚的时候，他已经五十岁，而我只是一个二十岁的傻姑娘。我在俄国的一个城市上大学，我不想说出这个地名。”

老人又咕哝地说：“安娜，上帝保佑你。”

“你知道，我们是革新家、革命者、无政府主义者，我们人数很多。后来遇到困难，由于一个警长被害，我们有许多人被捕了。而他为了得到一大笔钱，更为了活命，便提供证据，背叛了他的妻子和伙伴。由于他的交代，我们全都被捕了。有的被送上绞刑架，有的被流放到西伯利亚。我被送到西伯利亚，但不是终生流放。我丈夫带着那笔不义之财来到英国，过上了安宁的生活。他知道得很清楚，如果我们的团体知道了他在哪儿，不到一个星期就会结束他的生命。”

老人哆哆嗦嗦地伸出手又拿起一支烟卷。他说：“安娜，你随便处置我吧，你一向对我很好。”

她说：“我还没有把我丈夫的最大罪恶告诉你们。在我们的团体里，有位同志是我现在的朋友，他高尚、大公无私、乐于助人，这些品质我丈夫完全没有。他仇视暴力；如果说使用暴力是犯罪的话，我们全都犯过罪，只有他没有。他总是写信给我们，劝我们不要使用暴力。这些信件是可以使他免受刑罚的。我的日记也可以证明，因为我在日记中记述了我对他的感情以及我们每个人的看法。可是，我丈夫发现了这些信件和我的日记，就偷偷把它们藏了起来，一面还尽力证明这位年轻人应判死刑。虽然我丈夫没有达到目的，但是阿列克谢被当作罪犯送到西伯利亚，在一个盐矿做工。你这个恶棍，你想想，你好好想想，那样高尚的一个人却受着奴隶般的待遇，而你，你的生命就在我手中，可我还是放过了你。”

老人一面吐着烟一面说：“安娜，你是一个高尚的女人。”

她慢慢站了起来，但是紧接着她发出了一声痛苦的喊叫，便又坐了下去。

她说：“我一定要说完。在我服刑期满以后，我就开始设法寻找这些信件和日记，因为如果俄国政府得到这些东西，便会释放我的朋友。我知道我的丈夫来到了英国。经过几个月的查访，我终于弄清了他的住址。我知道他仍然保存着这些日记，因为当我还在西伯利亚时，他有一次给我写信，信中责备我时引用的是我日记中的话。我清楚地知道，由于他生性报复心强，他一定不会自愿地把日记交还给我。我必须想办法亲自弄到手。因此，我请了一位私人侦探，请他到我丈夫家来做秘书——也就是你的第二个秘书，塞尔吉斯。他来不久便很快走了，他发现文件全收在小柜中，并且取了钥匙样。他不愿意做更多的事，便把这栋房的平面图交给了我，并且告诉我，秘书是在楼上住，上午书房里没有人。所以我后来才鼓起最大的勇气，亲自来拿这些东西。东西拿到了，可是这付出了什么样的代价啊！

“我刚刚拿到日记和信件，正要锁上柜子，这时一个青年抓住了我。那天清早我曾在路上遇见过他，我请他告诉我考瑞姆教授的住处，可是不知道他是考瑞姆雇用的人。”

福尔摩斯说：“是这样的！秘书回来以后告诉了考瑞姆，说他遇见了一个什么样子的妇女。秘书在断气之前想要说明：就是他和教授说过的那个女人杀了他。”

这位妇女面部抽搐，好像非常痛苦，并用命令的口吻说：“你让我讲完。这个年轻人倒下去的时候，我闯出书房，走错了门来到我丈夫的房间。他说要告发我。我告诉他：如果他这样做，我不会放过他。如果他把我交给警察，我就把他的事告诉我们的团体。我不是为了自己想活命，而是想要达到我的目的。他知道我说到做到，而他自己的命运又和我的命运互相牵连，只是因为这个缘故，他才掩护了我。他把我塞进那个黑暗的角落——只有他自己才知道这个秘密。他让佣人把饭送到屋里，以便分给我一些。我们商量好，只要警察一离开这栋房子，我就乘黑夜偷偷走掉，并且永远不再回来。但是，你到底识破了我们的计划。这是我生前最后的话。"

她从胸前拿出一个小包，对福尔摩斯说："这个小包裹可以救阿列克谢。先生，由于你的荣誉和正义，我把这包裹委托给你，请你把它转交给俄国大使馆。我已尽了我的责任，并且……"

福尔摩斯突然喊道："挡住她！"

他一下子跳到屋子的另一边，从她手中夺下一只小药瓶。

她往床上倒了下去，说："太晚了！太晚了！我出来……的时候，便吃了药。我头晕。我要死了！先生，我请求你……不要忘记……那个小……包裹。"

我们乘车回城时，福尔摩斯说："这案件很简单，但是也很发人深省。从一开始问题便围绕着夹鼻眼镜。虽然那个青年在临死前幸运地抓到眼镜，但是我那时还不能肯定我们是否能够解决问题。很清楚，从眼镜深度可以断定，戴眼镜的人近视程度很深，离开眼镜什么事也做不了。霍普金斯先生，当你让我相信她确实走过一小块草地而不是故意作假时，你还记得吗，我说过这种做法很不寻常，值得注意。可是，实际上我心中认为这完全不可能，除非她还有一副眼镜。所以，我只能认真考虑另一个假设——她待在这栋房子内。我一看见两个过道完全相似，就想到她很可能走错了路，这样她就会走到教授的屋中。我密切地注意一切能够证实这个假设的事情，我仔细地检查这间屋子有没有可以躲藏的地方。地毯是整块的，并且钉得很牢固，所以地板上不会有活门。书柜后面可能有躲藏的地方。你知道，在老式的书房里常有这种结构。我注意到地板上各处都堆满了书，但是书柜却是空的，所以书柜可能是一扇门。我找不到别的证据来证实，但是地毯是暗褐色的，所以我抽了很多支那种好烟，把烟灰洒在可疑的书柜前。这是一个很简单的办法，但是非常有效。然后我便下楼去了，并且，我已经弄清楚——华生，当时你也在场，而你却没有理解我谈话的目的——考瑞姆教授的饭量增加了，这容易使人怀疑他还让另一个人吃饭。然后，我们又上楼去了，我弄翻烟卷盒，以便清楚地看看地毯。从地毯上的烟灰可以知道，在我们离开那里以后，她从躲藏的地方出来过。霍普金斯，我祝贺你胜利地结束了这个案件。你一定是去警察总部吧！我和华生要到俄国使馆去。再见，我的朋友。”

失踪的中卫

在贝克街我们常常收到一些内容离奇的电报，这本来是不值一提的。可是，七八年前，在二月一个阴沉沉的早晨收到的那封，却给我印象很深，并且使得歇洛克·福尔摩斯先生也迷惑了足足有一刻钟之久。电报是拍给他的，电文如下：

请等候我。万分不幸。右中卫失踪。明日需要。

欧沃顿

福尔摩斯看了又看，说："河滨的邮戳，十点三十六分发的。显然欧沃顿先生拍电报时心情很激动，所以电报才语无伦次。我断定等我读完《泰晤士报》，他一定会赶到这里，那时我们就能知道一切了。"

在那段时间里我们工作不很忙，因此，就是最无关紧要的问题，也同样是受欢迎的。

经验告诉我，无所事事的生活是很可怕的，因为我的朋友头脑过于活跃，如果没有什么事情让他思考，那就很危险。经过我的努力，他停止服用刺激剂已经有好几年了，因为这种药物曾经一度妨碍他从事他的富有意义的事业。现在，福尔摩斯一般情况下不需要再服用这种人造的刺激剂了。但是，我很明白，他的病症并没有消除，只是潜伏下来了，并且潜伏得很深，当事情少的时候还会复发。在那种情况下，我看到过福尔摩斯两眼深陷，面容阴郁，看上去令人莫测高深。所以，不管欧沃顿是什么人，他既然带来了不解之谜，我就要感谢他，因为风平浪静要比狂风暴雨更使我的朋友感到痛苦。

正如我们所料，发报人紧随电报亲自登门了。他的名片上印着："剑桥，三一学院，西锐利·欧沃顿。"走进来的是一位身材魁梧的年轻人，足有十六①重，他宽阔的身体把屋门都堵住了，他的相貌英俊，但是面容憔悴，无神的眼睛缓缓地打量着我们。

"哪位是歇洛克·福尔摩斯先生？"

我的朋友点了点头。

"福尔摩斯先生，我去过苏格兰场，见到了侦探霍普金斯，他建议我来找你。他说，在他看来，我这个案件由你解决更适当一些，不必找官方侦探。"

"请坐，把你的问题告诉我们吧！"

"福尔摩斯先生，事情真糟，糟糕极了！我的头发都快急白了。高夫利·斯道顿，你听说过这个名字吧？他是全队的灵魂。我宁愿在中卫线上只有斯道顿，不要另外那两个。不论是传球、运球还是抢球，没人能够赶得上他。他是核心，可以把我们全队带动起来。我怎么办呢？福尔摩斯先生，我来请教你该怎么办。当然有莫尔豪斯替补，他是踢前卫的，但是他总是喜欢挤进去争球，而不是守在边线上。他的定位球踢得很好，但是他不会判断情况，而且不善于拼抢，牛津的两员宿将，莫尔顿、约翰逊，可能会死死地缠住他。斯蒂文逊跑得很快，但是他不会在二十五码远的地方踢落地球。而一个中卫既不会踢落地球，又不能踢空球，根本就不配参加比赛。福尔摩斯先生，你若是不帮助我们找到高夫利·斯道顿，我准输

① 英国重量名，用来表示体重时，一等于十四磅，现已废除。——译者注

了。”

我的朋友神情专注，津津有味地听着。这位客人急切地诉说着，他强壮的手臂不时地拍着自己的膝盖，力求使每句话都得到别人充分的理解。客人的话刚一停下来，福尔摩斯便取出有“S”字母的那一卷资料。从这一卷内容丰富的资料中他没有查到什么。

他说：“有阿瑟·H. 斯道顿，一个发了财的、年轻的伪造纸币者；有亨利·斯道顿，我协助警察把这个人绞死了；可是，高夫利·斯道顿这个名字，我以前却没有听说过。”

我们的客人露出惊讶的样子，他说：“福尔摩斯先生，我以为你什么都知道。如果你没有听说过高夫利·斯道顿，你也就不会知道西锐利·欧沃顿了。”

福尔摩斯微笑地摇了摇头。

这位运动员说：“大侦探先生！在英格兰和威尔士的比赛中，我的球

队是英格兰的第一队。我是大学生队的领队，不过，你不知道也没有什么关系！我想在英国每个人都知道高夫利·斯道顿。他是最好的中卫，剑桥队、布莱克希斯队和国家队都请他打中卫，而且国家队请了他五次。福尔摩斯先生，你原来住在英国吗？”

福尔摩斯对这位天真的巨人笑了一笑：“欧沃顿先生，你的生活范围和我的不一样，你生活在一个更愉快更健康的环境里。我和社会上的各界人士几乎全有接触，可就是和体育界人士没有来往，而业余体育运动是英国最有意义、最有益于健康的事业。你这次意外的光临说明，就是在最讲究规则的户外运动方面，我也有事可做。那么，请你坐下来，慢慢地安静地确切地告诉我们出了什么事，以及你要我怎样帮助你。”

欧沃顿的脸上露出了不耐烦的样子，那种样子正像惯于使用体力而不用脑力的人所常有的那样。他开始给我们一点一点地讲述这个奇怪的故事，他的叙述中有许多重复和模糊之处，我便把它们删去了。

“福尔摩斯先生，事情是这样的。我已经和你说过，我是剑桥大学橄榄球队的领队，高夫利·斯道顿是最好的队员。明天我们和牛津大学比赛。昨天我们来到这里，住在班特莱旅馆。晚上十点钟，我去看了看，所有的队员全休息了。我相信，严格的训练和充足的睡眠，可以保持这个队的良好竞技状态。我看见斯道顿脸色发白，似乎心情很不安。我问他是怎么一回事，他说没有什么，不过有点头疼，我向他道了晚安便走了。半小时后，旅馆服务员对我说有一个长着满脸胡须、衣着简陋的人拿着一封信要找高夫利。高夫利已经上床睡了，所以服务员把信送到他屋子里。谁知他读过信一下子就瘫倒在椅子上，好像是被谁用斧子砍了似的。服务员很惊讶，要去找我，高夫利阻止了服务员，喝了一点水又振作起来。然后他走下楼，和在大门里等候的人说了几句话，两个人便一起走出去了。服务员看到的最后情景，是他们二人在大街上朝着河滩跑去。今天早上高夫利的房间是空的，他的东西一点未动，还是像我昨天晚上看到的那样。那个陌生人来找他，他立刻随那人走了，再也没有音信，我想他不会回来了。

高夫利是个真正的运动员，他打心眼里喜欢运动，要不是受到什么沉重的打击，他决不会退出比赛，决不会欺骗他的领队。我觉得他是永远回不来了，我们不会再见到他了。”

福尔摩斯很感兴趣地听他叙述了这件怪事，接着便问：“你采取什么措施了吗？”

“我发电报给剑桥，问他们是否知道他的消息。回答是没有人看见过他。”

“他能回到剑桥去吗？”

“是的，有一趟晚车十一点一刻开。”

“可是，按照你的判断，他没有乘这趟火车？”

“是的，没有人看见过他。”

“后来呢？”

“我又发电报给蒙特·詹姆士爵士。”

“为什么给他发呢？”

“高夫利是个孤儿，蒙特·詹姆士是高夫利最近的亲属，大概是他的叔父。”

“这对于解决问题或许会有帮助。蒙特·詹姆士爵士是英国最富有的。”

“我听高夫利这样说过。”

“高夫利是他的近亲？”

“是的，高夫利是继承人，老爵士已经快八十岁了，而且风湿病很重，人们说他可能快要死了。他从来不给高夫利一个先令，因为他是个地道的守财奴，可是财产早晚都要归高夫利。”

“蒙特·詹姆士爵士那儿有什么消息吗？”

“没有。”

“如果高夫利去蒙特·詹姆士爵士那儿，他又是为了什么呢？”

“头一天晚上有件事使高夫利心情不安，如果和钱有关，那可能是爵士要把遗产给他。爵士的钱很多，当然，就我所知，高夫利得到这笔钱的可能性很小。高夫利不喜欢这个老人，要是能不去爵士那儿，他不会去的。”

“那么，我们现在可以这样假设吗？如果你的朋友高夫利是到他的亲属蒙特·詹姆士爵士那儿去，你就可以解释那个衣着简陋的人为什么那么晚来，为什么他的来临使得高夫利焦虑不安。”

欧沃顿困惑地说：“我解释不了。”

福尔摩斯说：“好吧！今天天气很好，这件事我愿意去侦查一下。我主张，不管这个青年情况怎样，你还是要准备参加比赛。正像你所说的，他这样突然离开，一定是有极要紧的事，而且也正是这件要紧的事使他至今不能回来。我们一起步行去旅馆，看看服务员是否能够提供新的情况。”

福尔摩斯是那样循循善诱，使得当事人的心情很快就平静了下来。过了不多久我们来到了旅馆，走进斯道顿住过的单人房间。在这里，福尔摩斯打听到了服务员所知道的一切。头一天晚上来的客人既不是一位绅士，也不是一个仆人，而是一个像服务员所说的“穿着不怎么样的家伙”，年纪大约五十岁，胡子稀疏，脸色苍白，穿着很朴素。他似乎很激动，拿着信的手在不停地抖动。服务员看到斯道顿把那封信塞到口袋里，斯道顿在大厅里没有和这个人握手。他们交谈了几句，服务员只听到“时间”两个字。然后他们便急匆匆地走出去了，那时大厅的挂钟正好十点半。

福尔摩斯坐在斯道顿的床上说：“我想你值白班，对吗？”

“是的，先生，我十一点下班。”

“值夜班的服务员没有看见什么吗？”

“没有，先生。只有看戏的人回来晚些，再没有别人了。”

“你昨天一整天都在值班吗？”

“是的，先生。”

“有没有信件一类的东西交给斯道顿先生呢？”

"有的，先生，有一封电报。"

"啊！那很重要。在什么时候？"

"大约六点钟。"

"斯道顿在哪儿收到的电报？"

"就在这间房子里。"

"他拆电报的时候，你在吗？"

"是的，我在这里。我等着看他是不是要回电。"

"那么，他要回电吗？"

"是的，先生，他写了回电。"

"是你去拍的回电吗？"

"他自己去的。"

"但是，他是当着你的面写的回电吗？"

"是的，先生。我站在门边，他转过身去，在桌子上写的。他写完后对我说：'好了，服务员。我自己去拍。'"

"他用什么笔写的？"

"铅笔，先生。"

"是不是用了这张桌子上的电报纸？"

"是的，就是原来最上面的那一张。"

福尔摩斯站了起来。他拿起现在在上面的那张电报纸，走到窗户旁仔细地检查上面的痕迹。

他说："很遗憾，他没有用铅笔写。"

然后丢下这张电报纸，失望地耸了一下肩，接着说："华生，你一定也会想到，字迹会印到第二张纸上的。可是在这张纸上我看不到什么。呵，有了！我看出他是用粗尖的鹅毛笔写的，这样我们准会在吸墨纸上找到一些痕迹。哈，你们瞧，一点儿不错！"

他撕下一条吸墨纸，并把上面的字迹给我们看。欧沃顿很激动地喊："用放大镜看！"

福尔摩斯说："不必，纸很薄，从反面可以看出写的是什么。"他把吸墨纸翻过来，我们读道：

看在上帝的面上，请支持我们！

"这就是高夫利·斯道顿在失踪前几小时所拍的电报的最后一句。电报上至少有六个字我们找不到了，可是剩下的这些证明这个青年看到严重的危险将要降临到他身上，并且说明有另外一个人能够保护他。请注意'我们'一词，有第三者参与了。除去那个面色苍白、自己也显得十分紧张的大胡子以外，还能是谁呢？那么，斯道顿和这个大胡子又是什么关系呢？为了躲避迫在眉睫的危险，他们二人去寻求援助的第三者又是谁呢？我们的调查应当围绕在这些问题上。"

我建议说："我们只要弄清电报是给谁发的就好办了。"

"亲爱的华生，是要这样办。你的办法是能够解决问题的，我也这样想过；可是你要知道，如果去邮局要求看别人的电报底稿，邮局的工作人员可能不会满足你。办这种事需要很多手续，但是，我深信通过一些巧妙的手段可以办到。欧沃顿先生，趁着你在现场，我要看看留在桌子上的那些文件。"

桌子上有一些信件、账单和笔记本等，福尔摩斯迅速而又认真地翻阅着。过了一会儿，他说："这些东西没有问题。顺便说一下，你的朋友斯道顿身体健康、头脑清醒，他什么东西也不会弄乱。"

"他身体十分健壮。"

"他生过病吗？"

"一天也没有病过。不过他因为胫骨被踢伤而躺倒过，还有因为滑倒使膝盖受过伤，可这都不能算是病。"

"也许他不像你想的那样健壮。我想他可能有难以对别人说起的疾病。要是你同意的话，我就拿走这桌子上的一两份材料，以备将来调查时用。”

忽然我们听到有人焦急地喊：“等一下，等一下！”

我们抬起头来，看见一个古怪的小老头颤颤巍巍地站在门口。他穿着已经发白的黑色衣服，戴着宽边礼帽，系着白色宽领带，看上去很土气，就像是殡仪馆的工人。尽管他衣衫褴褛，样子滑稽，但他说话的声音却很清脆，看样子他像是有急事。这引起了我们的注意。

小老头问：“先生，你是谁？你有什么权力动这些文件呢？”

“我是个私人侦探，我正努力弄清他为什么会失踪。”

“你是侦探？谁请你来的？”

“这位先生，斯道顿的朋友。他是苏格兰场介绍给我的。”

“先生，你是谁呢？”

“我是西锐利·欧沃顿。”

“那么，是你给我发了一封电报吗？我是蒙特·詹姆士爵士，是乘倍斯瓦特公共汽车急忙赶来的，你已经把事情委托给一位侦探来办了吗？”

“是的，先生。”

“你准备付钱了吗？”

“要是我们能够找到我的朋友斯道顿，他无疑是会付钱的。”

“可是如果找不到他呢？你回答这个问题！”

“要是这样，他家准会……”

这个小个子老头儿尖声喊道：“先生，不会有这样的事。不要向我要一个便士，就是一个便士也不给。侦探先生，你明白了吗？这个年轻人只有我这一个亲人。但是，我告诉你，我不负任何责任。就因为我从来不浪费钱，他才有可能得到我的财产，可我还不想让他现在就继承。你随便动了这些文件，我可以告诉你，里面要是有什么值钱的东西，你可要负全部责任。”

福尔摩斯说：“先生，就这样吧！同时我要问你，对于这个青年的失踪，你有责任没有？”

"没有，先生。他已经长大了，年纪不小了，可以自己照顾自己。他笨得自己也看不住自己，我是完全不负找他的责任的。"

福尔摩斯眨了眨眼睛，用嘲笑的口吻说："我十分理解你的意图，也许你并不理解我。人们一直认为高夫利·斯道顿是个穷人。他被劫持，那不会是因为他自己有财产。蒙特·詹姆士爵士，你很阔气，你的名声是远播在外的，很可能是一伙强盗为了了解你的住宅、财宝等情况而把你的侄子劫走。"

这位使人没有好感的客人面色发白了，正好和他的白色领带相互映衬："天啊，真可怕！没想到会有人做这种坏事！世界上竟会有这种没人性的恶棍！斯道顿是个好孩子，是一个顽强的孩子。他决不会出卖他叔叔的。我今天晚上就把我的财物送到银行去。侦探先生，我请求你不辞劳苦，一定把他安全地找回来。至于钱吗，五镑、十镑的你尽管找我要。"

这位高贵的吝啬鬼，即便他身上铜臭全无，也不会对我们有半点用处，因为他毫不了解他侄子的生活。我们支走了蒙特·詹姆士爵士。我们唯一的线索全在那份残存的电报上。于是，福尔摩斯拿起一份抄录的残文，去寻找有关的线索。欧沃顿也去找他的队员商量，怎么应付这个意外的不幸。

离旅馆不远有个邮电局。我们走到邮电局门口，福尔摩斯说："华生，可以试一下。当然，如果有证明，我们可以索取存根查对，可是现在弄不到证明。我想邮局很忙，不会记住我们的相貌。我们冒险试一下。"

他对着格栅后面的一位年轻妇女，若无其事地说："麻烦你一下，昨天我发的那个电报可能有点错误。因为我没有收到回电，我想怕是忘记在后面写上名字了。请你帮助我查找一下好吗？"

她问："什么时候发的？"

"六点过一点。"

"发给谁的？"

福尔摩斯把一个手指放到嘴唇上，并且看着我，表示不让我说出。然后，他很自信地低声说："电报上最后的几个字是'看在上帝的面上，请支持我们'。我很急于收到回电。"

这位青年妇女抽出一张存根。她说："就是这张。上面没有名字。"然后，她把存根平铺在柜台上。

福尔摩斯说："怪不得我没有收到回电。哎呀，我太蠢了！早安，女士，谢谢你使我弄清了。"

等我们走到街上的时候，福尔摩斯一面搓着手一面咯咯地笑了。

我问："怎么样？"

"大有进展。华生，我想了七种可以看到那个电报存根的办法，可是我没想到这样省事，第一次便成功了。"

"你得到了什么情况呢？"

他说："我知道从哪儿着手调查了。"

他叫了一辆马车，去帝国十字街火车站。

"我们去的地方很远吗？"

"是的，我们必须去一趟剑桥，似乎所有的迹象全和剑桥有关。"

当我们驶过格雷饭店大路的时候，我又问道："对于斯道顿失踪的原因，你怎样考虑呢？我们办的案子里，还没有一个是肇事动机不明的。你并不认为劫持斯道顿的目的是为了得到他叔叔的钱吧？"

"亲爱的华生，我承认，我并不那样认为，当时我突然想到这一点，因为这样才能引起那个讨厌的老头子的兴趣。"

"确实只能这样说，不过，你实际上怎样考虑呢？"

"我可以谈几点，我们要看到，事情发生在这场重要比赛的前夕，而且牵涉到一个关系全队胜负的队员。当然，这两个因素可能是巧合，不过倒很有意思。业余比赛是不许打赌的，但是在公众中有些人在场外打赌，就像赛马场的流氓在赛马上下赌注一样，这是一种解释。第二个理由是明摆着的，这个青年虽然现在没有钱，但他将来确实要继承大笔钱财，扣留他是为了得到赎金，这也是很可能的事。"

“这两种说法全不能解释电报的问题。”

“是的，华生，电报仍然是我们必须解决的难题，而且我们也不应当分散注意力。我们去剑桥，正是为了弄清打这封电报的目的是什么。我们怎样侦查，现在还不清楚，不过一定要在天黑以前确定下来或是有个眉目。”

当我们来到古老的大学城的时候，天已经黑了，福尔摩斯在火车站叫了一辆马车，要去莱斯利·阿姆斯昌大夫家中。几分钟后，我们的马车驶进一条繁华的街道，在一栋豪华的房子前面停了下来。一个仆人把我们领了进去，等了很久我们才被引到诊疗室，这位大夫坐在桌子后面。

我不知道莱斯利·阿姆斯昌的名字，这说明我和医学界人士联系得太少了。现在我才知道，他不仅是剑桥大学医学院的负责人之一，而且在不少学科上都造诣很深，是个名扬欧洲的学者。一个人即使不知道他的光辉成就，看到他时也一定会有很深的印象：方方正正的胖脸庞，浓眉下长着一双阴郁的眼睛，倔强的下巴像是用大理石雕刻出来的。我认为阿姆斯昌大夫是个性格阴沉、头脑敏捷、冷酷无情、能够吃苦、善于自制、很难对付的人。他手中拿着我朋友的名片，抬起头来看看，脸上没有一点喜悦的表情。

“歇洛克·福尔摩斯先生，我听到过你的名字，也了解你的职业——这种职业我是绝对不赞成的。”

我的朋友安详地说：“这样你便在无形中支持了全国的每一个罪犯。”

“你致力于制止犯罪，这会得到社会上每个通情达理的人的协助，不过，我深信官方机构完全可以办好这种事。可是你所做的事，却常常受到非议。你刺探到私人的秘密、家庭的私事，本应遮掩，而你却把它宣扬出去，而且你有时打搅比你忙得多的人。例如，现在我应当写论文，而不是和你谈话。”

“大夫，你说的也许是对的，可是事实将会证明我们的谈话比你的论文更重要。我可以顺便告诉你，我所做的事和你所指责的完全相反，我们尽力防止私人事件公之于众，可是事情落到警察手中，便必然会宣扬出去。我像是一支非正规的先遣队，走在正规军前面。我来是向你了解高夫利·斯道顿先生的情况。”

“他怎么了？”

“你不认识他吗？”

“他是我的密友。”

“你知道他失踪了吗？”

“真的吗？”看不出大夫肥胖的面孔上有任何表情的变化。

“他昨天夜里离开了旅馆后，就再也没有消息。”

“他准会回去的。”

“可是来不及了，明天就要举行大学橄榄球比赛。”

“我不喜欢孩子们的这种比赛。我很关心斯道顿的情况，因为我认识他，也喜欢他。我不管什么橄榄球比赛举行还是不举行。”

“我是在调查斯道顿先生的情况，所以请你帮助。你知道他在哪儿吗？”

“我不知道。”

“从昨天到现在，你没有见到他吗？”

“没有。”

“斯道顿先生身体很健康吗？”

“十分健康。”

“他生过病吗？”

“从来没有过。”

福尔摩斯突然拿出一张单据摆在大夫眼前：“那么，请你解释一下这张十三个基尼[1]的单据，这是斯道顿上月付给剑桥的阿姆斯昌大夫的。我从他桌子上的文件中看到了这张单据。”

大夫气得脸都红了：“福尔摩斯先生，我觉得没有必要给你解释。”

① 基尼：是英国第一代由机器生产的货币，于1633年开始流通。但后来随着黄金价格上涨，到1733年左右，基尼的货币价值已超出了其本有的面值数倍，逐渐成为珍藏性货币，失去了其现金功能，不宜继续流通。1816年，英国进行货币改革，确立了英镑为新的流通货币，基尼正式退出了面值交易平台。

福尔摩斯把单据又夹在他的笔记本里，接着说：“如果你愿意当众解释，你就等着，这一天总会来的。我已经告诉过你，别的侦探必定传扬出去的事，我可以遮掩下来。如果你放聪明一点，那你就应该告诉我一切。”

“我什么也不知道。”

“斯道顿在伦敦给你写过信吗？”

“没有。”

福尔摩斯不耐烦地叹了一口气说：“唉，邮局的事又来了！昨天晚上六点十五分，斯道顿从伦敦给你发来紧急电报，毫无疑问，这个电报和他的失踪有关，可是，你没有收到。邮局太疏忽了！我一定要去邮局责问他们。”

阿姆斯昌大夫突然从桌子后面站起来了，他的黑脸庞由于生气变成了紫红色。

他说："先生，劳驾，我请你走出去。你可以告诉你的当事人蒙特·詹姆士爵士，我不愿意和他本人以及他的代理人有什么联系。先生，一句话也不要再说了。"

他愤怒地摇了摇铃："约翰，把这两位先生送出去。"

一个肥胖的管家严肃地把我们领出大门。

我们到了街上，福尔摩斯笑起来了。

他说："阿姆斯昌大夫是个很倔强的人，我看只有他最适合于解决著名的学者莫阿蒂大夫所遗留下来的问题。华生，我们现在困在了这个举目无亲的城镇里，可是，不调查完这个案件，我们是不能离开的。对着阿姆斯昌家的那个小旅馆很适合我们住，你去订一间临街的房间，并且买一些晚上需用的东西。我利用这个时间做些调查。"

然而，这些调查所用去的时间，比福尔摩斯原来想的要长得多，一直到晚上九点钟他才回到旅馆。他面色发白，精神沮丧，满身是土，并且又饿又累。摆在桌子上的晚餐已经凉了。他吃过饭，点上烟斗，正要谈谈他幽默的而又富有哲学意味的意见的时候——事情不顺利的时候他总是这样谈话——马车车轮的声音使他站了起来。我们同时向窗外望去，只见在煤气灯的光亮下，一辆四轮马车由两匹灰马拉着，停在了大夫的门前。

福尔摩斯说："马车是六点半出去的，过了三个小时又回来，那么可以走十到十二里，他每天出去一次，有时是两次。"

"大夫出诊是经常的事。"

"可是，阿姆斯昌并不是个一般的出诊大夫。他是个讲师和会诊医生，不看一般的病症，看病妨碍他的研究工作。为什么他不厌其烦地去这么远的地方？他找的人又是谁呢？"

"他的马车夫……"

"亲爱的华生，你想不到我最初是要找这个马车夫了解情况吧？也不知道是由于他的下流无耻，还是由于他主人的唆使，他竟然无礼地朝着我放出狗来。不管是人还是狗全不喜欢我的样子，不管怎么说吧，事情没办成。关系紧张以后，也就无法进行调查了。我从一个和蔼的本地人那里打听到一些情况，他就在这个旅馆工作，是他告诉了我阿姆斯昌大夫的生活习惯和他天天出去的情况。我们正说着，马车就到了门前，刚好证明他说的话是对的。”

“你没有跟着马车去看看吗？”

“好极了，华生！你和我的想法不谋而合。你一定注意到了，紧挨着我们的旅店有一家自行车铺。我赶快进了自行车铺，租了一辆自行车，幸好马车还没有走远，我拼命用力骑，赶上了马车，始终和它保持着约一百码的距离。我跟着马车的灯光，一直出了城。在乡村的大路上又走了很长一段，这时发生了一件使我尴尬的事。马车突然停住，阿姆斯昌大夫下了车，他很快地回身走到我停住的地方，并且用讥讽的口吻对我说，他怕道路太窄，会妨碍我的自行车通过。他的话说得很巧妙。我只好超过马车，在大路上又骑了几英里，然后在一个方便的地方停下来，看看马车是否已经不见了。果然马车已经毫无踪影，显然已经拐到我刚才看见的岔路上去了。我往回骑，但还是没有看见马车。现在你看，马车是在我回来之后才到的。当然，本来我没有特别的理由把斯道顿的失踪和阿姆斯昌大夫的外出联系起来；侦查阿姆斯昌的外出，只是认为和他有关的事都值得我们注意。现在我发现他小心提防着是否有人跟踪他，那么他的外出一定很重要。弄不清这件事，我是不会安心的。”

“我们明天继续跟踪他。”

“我们两人去了，事情不是像你想的那样容易。你不熟悉剑桥郡的地理情况吧？这里不容易躲藏。我今天晚上走过的乡村全都很平坦，很整洁，而且我们所跟踪的人绝不是一个傻子，他今天晚上已经表现得很充分。我给欧沃顿发了电报，要他往这里回电，告诉我们伦敦有没有新情况。同时，我们专心注意阿姆斯昌大夫，这个人是邮局的那位好心肠的妇女使我从存根上知道的。我敢发誓，他一定知道斯道顿在哪里。如果只有他知道，而我们不能设法去弄明白，那就是我们自己的过错。眼下必须承认，决定胜负的关键的牌还在他的手中。华生，你是了解的，我办事不习惯半途而废。”

第二天，我们仍然无法解开这个谜，事情毫无进展。早饭后有人送来一封信，福尔摩斯看过以后，微微笑了笑，把信递给了我。

先生：

可以肯定，你们跟踪我是白白浪费时间。你昨天晚上已经发现，我的四轮马车后面有个窗户，所以如果你愿意来回走二十里。那就请便吧。同时我可以告诉你，你窥伺我，这对于高夫利·斯道顿先生不会有什么好处。如果你想帮助他，最好还是回到伦敦去，向你的当事人说你不能找到他。你在剑桥的时间是要白白浪费掉的。

莱斯利·阿姆斯昌

福尔摩斯说：“这位大夫是个坦率的、直言不讳的对手。他倒引起了我的好奇心，我一定要弄清再走。”

我说：“他的马车现在就在他门前，他正要上车。我看见他又往上看了看我们的窗户。让我骑车去试试能不能侦查清楚，你看怎么样？”

“你不要去，亲爱的华生，不要去。尽管你很聪明机智，恐怕你不是这个大夫的对手。我想，我单独去试探试探，或许能够成功。你自己在城内随便走走。如果在寂静的乡村出现两个探头探脑的陌生人，一定会引起对我们不利的谣言。这个著名的城市有一些名胜古迹，你可以去游览游览。我希望傍晚能够给你带回来好消息。”

然而，我的朋友又一次失败了，他在深夜又疲劳又失望地回到旅馆。

“华生，我今天又白跑了。已经知道大夫去的大致方向，我就在那一带村庄里等候他，我和当地的客栈老板、卖报纸的人们谈了许久。我去了不少地方，契斯特顿、希斯顿、瓦特比契和欧金顿我都去了，可是大失所望。在这样僻静的地方天天出现两匹马拉的四轮马车，是不会被人忽视的。这一次大夫又胜利了。有我的电报吗？”

“有，我拆开了，是这样写的：‘向三一学院的吉瑞姆·狄克逊要庞倍。’我看不懂这份电报。”

“电报写得很清楚，是我们的朋友欧沃顿发来的，他回答了我提出的一个问题。我只要给狄克逊先生写封信，事情一定会好转。顺便问你一下，比赛的事有什么消息吗？”

“本地的晚报今天有了详细报道。有一场牛津赢了一分，有两场打平。报道的最后一段是：

> 穿淡蓝色运动衣的球队之所以失利，完全是因为世界第一流的运动员、国际比赛的参加者斯道顿未能出场，大大削弱了全队的实力，前卫线上协作不够，进攻和防守也很薄弱。

福尔摩斯说：“欧沃斯的预言被证实了。就我个人来说，我和阿姆斯昌大夫的想法一样，橄榄球不是我关注的事。华生，我们今天要早睡，我敢断定明天事情一定很多。”

第二天早晨，我看到福尔摩斯坐在火炉旁，手里拿着皮下注射的针管，我大吃一惊。一看到兴奋剂，我便想到他的体质很差，担心发生什么事。他看到我惊愕的样子，禁不住笑了，把针管放到了桌子上。

“亲爱的朋友，别为我担心。在这种紧急时刻，使用兴奋剂不能算作吸毒，反倒是解破这个谜的关键。我的希望完全寄托在这一针兴奋剂上。我刚刚去侦查了一番，一切很顺利。华生，好好吃顿早饭，我们今天要追踪阿姆斯昌大夫。跟上他后，不追到他的老窝，我是不想吃饭休息的。”

我和福尔摩斯下了楼，来到马厩的院子里，他打开马房门，放出一条猎狗。这条狗又矮又肥，耳朵下垂，黄白相间，既像小猎兔犬又像猎狐犬。

福尔摩斯说：“请你和庞倍互相认识一下。庞倍是当地最著名的追踪猎犬，它跑得非常快，而且是个顽强的追踪者。庞倍，你不要跑得太快。我怕我们俩人赶不上你，所以只好给你的脖子套上皮带。好，庞倍，去吧，今天就看你的了。”

福尔摩斯把狗领到对面大夫家门前。狗到处嗅了一会儿，然后一声尖叫便向大街跑去，我们拉着皮带尽力朝前跑。半小时后，我们已经出了城，飞跑在乡村的大路上。

我问：“福尔摩斯，你打算怎么办？”

“这是个老办法，不过有时很有用。我今天清早到了大夫的庭院里，在马车后轮上洒了一针管的茴香子油，一头猎犬闻到茴香子气味会从那儿一直追到天涯海角，大夫要想摆脱掉庞倍是不可能的！这个大夫真狡猾！前天晚上他就是把车驾到乡村后面甩开了我。”

狗突然从大路转到一条长满野草的小径上，我们走了半英里，来到另一条宽阔的大路上。从这儿向右转弯便通往城里。大路向城南转去，向北转就会回到我们出发的地方。

福尔摩斯说：“这个迂回对于我们是有好处的！难怪向村子里的人打听不出来什么。大夫的这个把戏耍得很好，可是我想要知道，他为什么设了这样一个精心的骗局。我们的右面一定是川平顿村了。呀！马车就要拐过来了！华生，快，快，不然我们就要被发现了！”

福尔摩斯拉着不听话的庞倍跳进了一座篱笆门内，我也随着进去了。我们刚刚躲到篱笆下面，马车便咕隆咕隆地驶过去了。我看见阿姆斯昌大夫在车里面，他的两肩向前拱着，两手托着头，带着很沮丧的样子。从福尔摩斯那严肃的神情上，可以知道他也看见了。

他说：“我怕我们会发现不幸的事情。我们很快便会弄明白，庞倍，来！到田野里的那间茅屋去！”

显然，我们的旅程已经到了终点。庞倍在茅屋的门外跑来跑去，并且使劲地叫，在这儿可以看见马车车轮的痕迹。有一条小道通向这座孤零零的农舍。福尔摩斯把狗拴在篱笆上，我们来到屋门前。他敲了敲简陋的屋门，许久没有人回话。可是屋子里并不是没有人居住，因为我们听到里面有低沉的声音，似是一种痛苦的悲泣声，使人感到非常悲伤。福尔摩斯迟疑了一下。然后回头看看刚才穿过的大路。一辆四轮马车正在大路上行驶着，还有一对灰色马。正是大夫的马车。

福尔摩斯喊道："大夫又回来了。这回问题可以解决了，我们一定要在他来之前看看是怎么一回事。"

他推开了门，我们走进门道。低沉的声音显得大了一些，后来变成如泣如诉的呜咽。声音来自楼上。福尔摩斯急忙走上去，我在后面跟着。他推开一扇半掩的门，眼前出现的景象使我们异常吃惊。

一位年轻而又美丽的妇女死在床上。她的面容宁静而苍白，一双无神的蓝眼睛透过乱蓬蓬的金色头发向上瞪着。一个青年男子在床上半坐半跪，他的脸埋在床单里，哭得浑身颤抖。他完全沉浸在悲伤之中，福尔摩斯的手搭在他的肩膀上之后，他才抬起头来。

"你是高夫利·斯道顿先生吗？"

"是的，是我，可是你来得太晚了，她已经死了。"

这个青年悲痛得心神迷乱，没有明白我们根本不是来看病的大夫。福尔摩斯正要说几句安慰的话，并且说明我们的来历，这时楼梯上传来了脚步声，阿姆斯昌大夫出现在门旁，他脸上交织着沉痛、严峻和质问的神情。

他说："先生们，你们终于达到了目的，并且在这样特别不幸的时刻来打搅我们。我不能在死者面前大吵大嚷，但是我可以告诉你们，如果我年轻一点，我绝不会饶过你们这种恶劣的行为。"

我的朋友十分庄重地说："阿姆斯昌大夫，请原谅。我想我们彼此有点误解。最好请你下楼来，我们可以互相谈谈这件不幸的事情。"

一会儿，这位严厉的大夫随我们来到楼下的起居室，他说："先生，说吧！"

"首先，我希望你能理解，我没有受蒙特·詹姆士爵士的委托，而且在这件事上我是反对这位贵族的。一个人失踪了，我的责任是弄清他的下落。但是一开始侦查，事情就超出了我的范围。既然不存在犯罪的问题，我们也就很愿意使流言平息下去而不是扩散开来。既然这件事没有违法的地方，请相信我会守口如瓶，并且不使新闻界知道。”

阿姆斯昌大夫迅速向前走了几步，握住福尔摩斯的手。

他说：“你是一个好人。我错怪了你。既然你已经知道了这些情况，问题便好解释了。一年以前，斯道顿在伦敦住了一个时期，对于房东的女儿产生了强烈的爱情，并且娶了她。她聪明、善良，而且美丽，谁有这样的妻子都会感到幸福。可是，斯道顿是那个脾气乖戾的贵族的继承人，如果结婚的消息传到他那儿，斯道顿一定会失掉继承权。我十分了解这个青年人，他有许多优点，我很喜欢他。所以，我尽我的力量帮助他，不使他失去继承权。我们尽量不让外人知道这件事，因为只要有一个人知道，便很快会人人都知道。由于这所农舍很偏僻，而且斯道顿很谨慎，所以到现在还没有外人知道这件事。他们的秘密只有我和一个忠实的仆人知道，这个仆人到川平顿办事去了。斯道顿的妻子很不幸，得了重病，一种很厉害的肺病。可怜的斯道顿愁得要疯了，可是他还得去伦敦参加比赛，因为不去就需要说明理由，这样便会暴露他的秘密。我发电报安慰他，他回电请我尽力帮忙。这就是那封电报。这封电报不知怎的竟会被你看到了，我没告诉他病情有多么危急，因为他在这儿也帮不上忙。但是，我把真实病情告诉了病人的父亲，而她父亲不会办事，去告诉了斯道顿。结果是，他像发了疯似地径直离开那里，回来跪在他妻子的床前，一直不动。直到今天上午，死亡结束了他妻子的痛苦。福尔摩斯先生，这是全部情况，我相信你和你的朋友全是言语谨慎的。”

福尔摩斯紧握了一下大夫的手。

我们离开那所充满忧伤的房子，来到冬季的暗淡阳光下。我的朋友缓慢地说：“华生，走吧！”

（欧阳达译）

格兰其庄园

1897年的冬末，在一个严寒霜冻的黎明，有人在我肩头猛地一摇，我便醒了过来。那人正是福尔摩斯。他手中拿着蜡烛，烛光映照在他急切的脸上。一看便知，一定是出了什么事。

“快，华生，快一点，”他俯下身喊道，“游戏已经开始。什么也别问，赶紧穿上衣服走。”

十分钟以后我们乘上一辆双轮马车向查瑞克劳斯车站驶去，马车的隆隆声划破了街道的寂静。天边露出了冬季早上第一缕微弱的晨曦，我们隐约可以看见偶尔从我们身边经过的一大早就上班的人，在伦敦乳白色的雾霭中显得模糊、朦胧。

福尔摩斯静静地蜷缩在他厚实的外衣里，我也十分乐意效仿，因为寒气逼人，加之我们俩都还没有吃早饭。

我们在车站喝了一些热茶，然后坐上了去肯特郡的火车，直到这时我们才感觉暖和了起来。于是，他开口说话，我则洗耳恭听。福尔摩斯从口袋里抽出一张便条，大声读道：

肯特，玛莎母，格兰其庄园，凌晨三点半。

亲爱的福尔摩斯先生：这里有一桩看起来非常奇怪的案件，如果能得到你即时的帮助，我将十分荣幸。你会对此案件很感兴趣。现在除了把一位女士放开了之外，我保证一切与我发现时一模一样，但我请求你一刻也不要延误，因为不便把尤斯塔斯先生留在那里。

你忠实的斯坦尼·霍普金斯

“霍普金斯曾七次邀请我，事实证明每一次都有充足的理由。”福尔摩斯说，“我相信，他的每一个案件都已经被你收集了。华生，我承认，你的确有一些甄别能力，这弥补了我对你的叙述所感到的遗憾。你有一个致命的坏习惯，即喜欢以故事的眼光而不是以科学训练的眼光看待问题，这样就损坏了具有指导意义甚至具有权威性的一系列示范作用。为了详细描写扣人心弦的情节，你对技巧和细节一笔带过，可是，尽管那些情节可以使读者激动兴奋，但却不能使他们从中学到东西。”

“那你为什么不自己写呢？”我颇带抱怨地说道。

“我会的，亲爱的华生，我会的。你要知道现在我很忙，我计划用晚年的时间写一本教材，把侦破艺术集中在一卷当中。目前要研究的似乎是一桩谋杀案。”

“那么，你认为尤斯塔斯先生已经死了？”

“应该说是的。霍普金斯的信表现出相当的不安和焦虑，而他本不是一个容易激动的人。我推测一定是暴力杀人，尸体放在那里让我们检查。如果只是自杀，他不会请我出面。至于放开那个女人，我想可能是惨剧发生时，她被锁在房子里。华生，我们正驶向奢华的上层社会。你看这张纸，质地极佳，E.B交织组成的家族徽章，这地址是一个风景如画的地方。我觉得我们的老朋友霍普金斯一定不会错，今天早上将会很有趣。案子发生在昨晚十二点以前。”

“这你是怎么知道的？”

“我考察了火车，计算了时间。霍普金斯一定请了当地警察。他们一定要向伦敦警察厅报告，霍普金斯一定要出来，然后向我发出邀请。所有

这些就够他们忙一晚上的了。唉，到丘赛尔赫斯特车站了。很快我们就会证明我们的猜想了。”

在乡间小路上行驶了几里路程，我们来到了一座庄园的大门前。一位上了年纪的看门人为我们打开门，他满脸的憔悴表明这里发生了一场灾难。我们沿着两旁耸立着古老榆树的林荫道，穿过富丽堂皇的庄园，来到一座低矮的、向四周延展的房屋前，房屋饰以帕拉弟恩式的廊柱。房屋的中部很明显已经年代久远了，布满了常春藤，但是宽敞的窗户又说明曾经做过现代化的装修，房屋的一角看上去是全新的。

年轻的警官霍普金斯在敞开的门口遇见了我们，一副既警惕又焦虑的神情：“福尔摩斯先生，你来了，我很高兴，还有你，华生医生。不过，实际上，如果当时还来得及，就不会麻烦你们了，因为那个女人已经清醒过来了，她把事情的经过讲得非常清楚，已经没有多少事需要我们做了。你还记得路易山姆那帮盗贼吗？”

“什么？就是所谓的兰道尔三人帮？”

“一点没错，一个父亲和两个儿子。毫无疑问，就是他们干的。两周以前在西德纳姆就干过一次，有人看见过他们，并对他们的特征做了描述。这么短的时间里再次作案，又是在附近，是有点太胆大了。但是，肯定是他们。这次可是掉脑袋的。”

“就是说，尤斯塔斯先生死了？”

“是的，脑袋被拨火棍砸扁了。”

“赶车的告诉我，死者叫尤斯塔斯·布来肯斯道尔。”

“正是。他是肯特郡最有钱的人当中的一个。布来肯斯道尔太太正在晨室里。可怜的夫人，她经历了一场可怕的梦魇。当我第一眼看见她的时候，她似乎奄奄一息了。我说，你最好先看看她，听听她对事情的描述。然后我们一块儿检查餐厅。”

布来肯斯道尔夫人绝非一个普通人。我很少见到如此优雅的人，如此具有女性魅力的人，如此漂亮的面容。她肤色白皙，有一头金发，有一双蓝莹莹的眼睛。如果不是这场变故使得她显得疲惫憔悴，她的气色一定是无可挑剔的。她的创伤既是心理的，也是肉体的。一只眼睛的上方鼓起了一个硕大的、梅红色的肿块，她的女仆身材高大，神情严肃，正在殷勤地用醋和水为她擦拭。布来肯斯道尔夫人精疲力竭地躺在沙发上，但是当我们进入房间的时候，她机敏、犀利的目光与漂亮容貌所表现出的警惕的表情说明，她的智慧和胆量并没有被这场可怕的经历所削弱。她身上罩了一件宽松的蓝银两色的晨衣，一件缀满了闪光装饰片的小礼服放在她身旁的沙发上。

“霍普金斯先生”，她疲倦地说，“我已经把一切都告诉你了，能不能请你不要让我再重复了？好吧，如果有必要，我会告诉这两位先生所发生的事。他们已经去过餐厅了吗？”

“我想他们最好还是先听你讲一讲。”

“如果你能帮着料理一下，我会很高兴。一想到他还躺在那儿，我就感到难受极了。”

她浑身发抖，双手掩面。这时，那宽松的衣袖从胳膊上垂落了下去。福尔摩斯吃惊地说道：“夫人，你不止一处受伤。这是什么？”

两个鲜红的斑点赫然出现在一支白皙、浑圆的胳膊上，她匆忙地将其掩盖住。

“没什么，和夜里可怕的事情无关。如果你和你的朋友愿意坐下来，我会把一切都告诉你们。”

“我是尤斯塔斯·布来肯斯道尔爵士的妻子。我嫁给他大约有一年了。我想我没有必要隐瞒，我们的婚姻并不幸福。即使我想否认，恐怕我们所有的邻居也会告诉你们实情。或许，部分责任是在于我。我生长于澳大利亚南部一种相对自由、开放的环境中，这里的英国式的生活，礼仪烦琐，拘谨古板，对我很不合适。但是，最主要的是因为，尤斯塔斯爵士是一个地地道道的酒鬼，这是人所共知的。与这样一个人相处，即使是一小时也非常别扭。你是否可以想象对于一个感觉敏锐、情操高尚的女人来说，不得不日日夜夜与他相处，这意味着什么？认为这种婚姻具有约束力是对神圣婚姻的亵渎，是犯罪，是堕落。你们这种荒谬的法律将会招致上帝的诅咒——上帝不会允许这种邪恶长期存在下去。”

她突然站了起来，两颊通红，在眉头上可怕的肿块下方，双眼闪着怒火。这时，她身体强壮、不苟言笑的女仆伸出抚慰的双手，将她的头放在靠垫上。狂怒渐渐平息以后，她激动地抽泣起来。过了一会儿，她继续说道：“我来告诉你昨晚的事情。或许，你知道，这幢房子的仆人都住在新式的那一侧。中间这一单元是住宅房，厨房在后面，卧室在上面。我的女仆，赛若撒，住在我房屋的上面。这里再没有其他人，也不会有什么声音会惊醒住在那一侧的人。强盗们一定很了解这一点，不然的话他们就不会去那样做了。

“爵士大约夜里十点半离开，那时仆人们已经回到他们自己的住处。只有我的女仆在上面，她一直待在顶层自己的房间里，我需要的时候就叫她。我在这间屋里埋头读书，一直到十一点半以后。上楼前我转着看看有没有什么事。我习惯自己做这些事，因为我在前面解释过爵士并不总是靠得住。我进了厨房、猎具室、台球室、客厅，最后来到餐厅。窗户上挂着厚厚的窗帘，我走过去的时候，意外地觉得有风吹在我的脸上。我意识到窗户没有关。我使劲拉开窗帘，突然，我看见一个肩膀很宽、年龄偏大的男人正与我面对面地站着，这个人刚刚跨进房间。这是一扇法式窗户，实际上就像一堵通向草坪的门。我手上拿着卧室的蜡烛，借着烛光我发现这个人身后还有两个人，正准备跨进来。我赶紧向后退，但那个人马上向我扑来。他先抓住我的手腕，然后扼住我的喉咙。我大声尖叫起来，他便一拳打在我的眼睛上，把我打倒在地。有几分钟我一定是失去了知觉，因为我醒来后发现他们已经取下了铃绳，把我死死地绑在餐桌旁的橡木椅上，我一动也动不了，嘴里塞着手绢，我也喊不出声。正在这时，我那不幸的丈夫走进了房间。他显然是听到了什么可疑的声音，对于他所见到的情景有所准备。他穿着睡衣和睡裤，手上拿着他最喜欢的用黑刺李木做的手杖。他向盗贼冲了过去，但是，有一个贼——就是年龄较大的那个——俯身拾起门外的拨火棍，狠狠地向他打去。随着一声呻吟，他倒了下去，再也没有动过。我又一次昏了过去，不过，像上次一样，昏迷的时间很短。我睁开眼睛的时候，他们已经把餐柜里的银器搜了出来，还取出了一瓶酒，每人手上端着一只酒杯。我已经告诉了你们吧？其中一个年龄较大，留着胡子，另外两个还是年轻小伙子，秃顶。可能是父子三人。他们小声说着什么，然后走过来看看我是不是被绑得很牢靠。最后，他们终于走了，关上了窗户。足足十五分钟以后，我设法张开了嘴。听见喊叫声，我的女仆跑了下来。其他仆人也被惊动了，他们向当地警察报了案，当地警察很快与伦敦取得了联系。这就是我能告诉你们的一切。先生们，我相信不会再有必要让我把这么让人伤心的事再说一遍吧？”

“还有什么问题吗，福尔摩斯先生？”霍普金斯问道。

“我不会对布来肯斯道尔夫人的耐心和时间再增加负担了。”福尔摩斯看着女仆说，“进餐厅之前，我想请你讲一讲你所听到的和看到的事情。”

“那三个人还没进屋子之前我就看见过他们。”女仆说，“我在卧室的窗户旁边，在月色下看见有三个人在门房那边，但当时我什么也没有多想。过了一个多小时，听见女主人的喊声，我跑下来，看见她——好可怜的人啊——就像她说的那样；他呢，躺在地上，血和脑浆流得满地。这足以把一个女人吓昏过去。她被绑在那里，衣服上沾着他的血和脑浆，但是她从来都不缺乏勇气！先生们，你们已经询问她很长时间了，现在她需要和她的仆人回自己的房间休息，她太需要休息了。”

憔悴的仆人以母亲般的温柔搂着主人离开了房间。

“女仆一直和她在一起，”霍普金斯说，“她还是婴儿时，女仆就开始照料她。十八个月以前女仆随她第一次离开澳大利亚，来到英国。女仆叫赛若撒·怀特，像这种仆人现在很难再找到了。福尔摩斯先生，这边请。”

强烈的兴趣已经从福尔摩斯那富于表情的脸上消失了。我知道，随着神秘感的消退，这个案件已经不再有魅力了，剩下的就是实施抓捕。但是，这些普普通通的流氓无赖算什么东西，怎能因为他们而弄脏了福尔摩斯的手？一个思想深邃、知识渊博的医生，如果发现自己被请来竟是为了一个麻疹病例，会多少感到恼怒，我从朋友的眼中看出了这一点。然而，格兰其庄园餐厅的布局却非常奇特，足以吸引他的注意力，重新唤起他正在消退的兴趣。

这间餐厅很大，屋顶很高，天花板是用橡木雕刻而成，四周镶嵌着栎木板，沿着墙面摆设着精美的鹿头和老式武器。冬季惨淡的阳光透过右手边三个稍小一点的窗户射进屋子。左边是一个又大又深的壁炉，一个厚重的橡木壁炉架悬挂其上。壁炉旁是一把两边有扶手、底部有横条的栎木椅。在这件没有加盖东西的木器上，一条深红色的带子通过下面的空当缠绕其上，但固定带子的结还没有解开。不过，这些细节只是在后来才引起我们的注意，因为当时我们的注意力完全被躺在炉前的、用虎皮制成的地毯上那可怕的东西所吸引。

这是一个身材高大、体型匀称的人的尸体，大约四十岁。他仰面躺着，咧着嘴，洁白的牙齿显露在又黑又短的胡须中，双手握拳，举过头顶。他本来忧郁、英俊、棱角分明的脸被强烈的复仇欲所扭曲，显得愤怒、残忍。显然，当他妻子大声惊叫时，他已经休息了，因为他身着豪华刺绣睡衣，一双赤脚露在裤子外面。他的头部被打得令人毛骨悚然，整个房间都见证了这一野蛮行径。他的身旁是那根粗重的铁棍，因为用力过猛以致弯曲变形了。福尔摩斯仔细检查了铁棍和血肉模糊的牺牲品。

“他，这个上了年纪的兰道尔，一定是一个很强壮的人。”福尔摩斯说。

“是的。”霍普金斯说，“我有一些他的记录，他是一个粗野的家伙。”

“抓住他对你来说没什么问题吧？”

“没一点问题。我们一直在注意他。曾有消息说他去了美国。现在我们既然知道这帮人在这儿，他们是逃不掉的。我们已经在每个港口发布了消息，悬赏额度也会在晚上以前宣布。但是，有一点我感到非常迷惑。他们怎么会干出这么蠢的事？他们肯定知道女主人会描述出他们的特征，我们也不难从描述中知道是他们。”

“说得对极了。任何人都会想，他们也会让布来肯斯道尔夫人永远沉默。”

“他们或许没想到她又醒了过来。”我说道。

“很有可能。如果她看起来好像不省人事，他们可能不会要她的命。霍普金斯，关于这个可怜的人有没有什么线索？我似乎听到过关于他的一些奇怪的传闻。”

“他清醒的时候是一个善良的人，可一旦喝醉酒——说得确切一点，当他半醉半醒的时候，因为他很少真的醉得一塌糊涂——就成了一个十足的恶魔。每当这个时候，那个恶魔似乎就在他的体内，什么事都干得出来。我听说，尽管他有钱有势，他还会偶尔做一些普通人可能会做的荒唐事。曾有传言说，他给一条狗——更糟糕的是，那是他夫人的狗——灌汽油，然后点火焚烧。费了好大的劲才使这桩丑闻没有传扬开。还有一次，他向女仆赛若撒·怀特扔饮料瓶，这也惹了一些麻烦。总的说来，这是我们私下说。没有他，这座房子会更明亮一些。你在看什么？”

福尔摩斯正蹲在地上仔细检查用红色绳子捆住女主人时所打的结，然后又详细观察绳子被强盗拽断的地方，那里已经被磨破了。

“向下拉绳的时候，厨房的铃会发出很大的响声吧！”他说。

“没人能听见。厨房正好在房子的后面。”

“强盗怎么会知道呢？他怎么敢这么大胆地拉铃绳呢？”

“是啊，是啊！福尔摩斯先生。你提的问题我也曾一遍遍地问过我自己。毫无疑问，这个人对房子和布局非常了解。他十分清楚仆人都已经休息了，尽管时间不算太迟，但没人会听见厨房的铃声。所以，他一定是与某个仆人相勾结，这是显而易见的。但是，这里有八个仆人，而且个个品行都很好。”

“如果没有特殊情况，”福尔摩斯说，“任何人都会怀疑女主人是把饮料瓶扔向她的脑袋的那个人。这就意味着这个女人背叛了她服务了一辈子的女主人。不过，这一点并不重要。抓住兰道尔之后，很容易锁定他的同谋。从我们所观察到的每个细节来看，女主人的陈述似乎是可靠的，应该不需要作进一步的核实。”他走到法式窗户边打开窗户，“这里没有任何痕迹。但是地面坚硬如铁，谁也不会想在这里找到什么痕迹。我发现壁炉架里的蜡烛都点燃过。”

“是，正是靠这里以及女主人卧室里的烛光，强盗才辨清了方向。”

“他们盗走了什么？”

“嗯，没有盗走太多的东西，只是餐具柜里的一些银质餐具。女主人布来肯斯道尔夫人认为，他们自己也被尤斯塔斯的死吓慌了，不然房子早就被他们洗劫一空了。”

“噢，他们还喝酒了。”

“是为了稳定情绪吧？”

“嗯。我想餐具柜上的三只杯子还没人碰过吧？”

“没有，酒瓶也是和他们离开时一模一样。”

“我们看看吧。嗨，嗨，这是什么？”三只酒杯并排放在一起，都有酒的痕迹，其中一只里有膜状酒垢。不远处的酒瓶里还有三分之二的酒，旁边放着一个长长的、长期被酒浸泡的瓶塞。从酒瓶的外观以及上面的尘土来看，强盗品尝的绝非普通葡萄酒。

福尔摩斯的态度发生了变化,脸上不再是无精打采的表情。我从他专注、深陷的眼睛中重新看到随着兴趣而产生的敏锐目光。他举着瓶塞仔细审视，不放过任何一点。

“他们怎么打开的？”

霍普金斯指向一个半开的抽屉，里面放着亚麻台布和一个很大的瓶塞钻。

“夫人说没说过酒瓶是用这个打开的？”

“没说过。你还记得吧，打开酒瓶的时候，她还没有醒过来。”

“对。事实上，这个瓶塞钻根本没有用过。酒瓶或许是用折叠刀里面的一个很小的螺丝起打开的，长度不会超过一英寸半。你检查一下瓶塞就会发现，钻了三次才打开，塞子一直没有被钻透。而这个长的会把塞子钻透，一下子拔起来。你抓住这个人以后，会发现他有一种多用折叠刀。”

“好极了！”霍普金斯说。

“但是，我不得不承认，这几只杯子确实让我感到迷惑。夫人确实看到有三个人在喝酒，是吗？”

“是，这一点她很清楚。”

“那么，案子就结了，还有什么可说的呢？不过，霍普金斯，你必须承认，这三只杯子确实值得注意。什么？没什么特别的？那就算了吧。或许，像我这样一个具有专门知识和特殊能力的人，当简单的答案显而易见的时候，还是喜欢把问题想得很复杂。当然，杯子也可能是偶然。好啦，霍普金斯，再见。我看不出我对你还有什么用。好像你对案子已经很清楚了。抓住兰道尔之后，请告诉我一声可能会出现的任何新情况。我相信很快就要因为你成功地得出结论而向你道喜。走吧，华生。我想我们可以在家做一些更有用的事。”

回家途中，从福尔摩斯的表情上可以看出，他对刚才看到的什么东西深感迷惑。他不时地想消除留给别人的这种印象，说起话来总显示出事情已经很清楚了的样子。可是，只过一会儿，那种疑虑又在他身上表现出来。那紧皱的双眉和专注的眼神表明，他的思想又一次回到格兰其庄园的那宽敞的餐厅里，正是在那里上演了一场午夜悲剧。正当我们乘坐的火车徐徐驶出一个郊区车站的时候，由于什么突发的念头，他突然纵身跳到站台上，同时把我也拽了下来。

“请原谅，亲爱的华生。”一边看着火车最后几节车厢消失在弯道处，他一边说，“很抱歉让你受罪，而这似乎只是由于我一时的突发奇想。但是，华生，我一辈子都不会允许案件停留在这种状态下。我的每一种直觉都在强烈反对。错了，全都错了，我敢发誓错了。可是，女主人的证词是全面的，女仆的证明是充足的，每个细节都是很准确的。我拿什么去提出异议呢？问题就在那三只酒杯中。我为什么要想当然？我为什么没能更为仔细地审查每一件事？如果我重新调查这个案件而不被预设的陈述所左右，这些都应该能够做到，这样的话，难道我不会发现更加准确的事实根据而把调查继续进行下去吗？当然，我应该能。我们在长椅上坐一会儿吧，华生，等一辆开往丘赛尔赫斯特的火车。现在我来把证据摆给你看看。首先希望你能彻底摆脱女仆或者女主人所说的一切都是真实可信的这一想法。绝不能让女主人的个人魅力误导我们的判断。

“可以肯定的是，如果不受情感影响来看她的陈述，我们会怀疑某些细节。这些强盗两周前曾在西德纳姆大肆作案，关于案情和他们外貌特征的报道有些刊登在报纸上，这样，任何想编造事实的人就会很自然地想道，可以让想象中的强盗扮演这样一个角色。事实上，一般来讲，刚刚大捞了一笔的强盗会坐享不义之财，不会马上再次冒险。而且，在这么早的时间里作案对盗贼来说是很反常的；试图用打伤人的方式防止女人大喊大叫，对盗贼来说是很反常的；当盗贼在人数上足够战胜对方时却杀死对方，这是很反常的；当更多的东西唾手可得时他们拿走的东西却很有限，这是很反常的。最后我想说，这样一帮人把酒还剩了半瓶，这是很反常的。华生，你怎么看这些反常的事？”

“把这些事放在一起看，的确很反常，但每件事本身又是很可能的。在我看来，最反常的是女主人为什么会被绑在椅子上。”

“嗯，华生，这一点我还不是很清楚。很明显，他们要么会杀死她，要么会像那样绑住她，使她不能在他们逃跑时马上报警。但是，不管怎么说，我已经表明我的看法，女主人的话中有些东西让人难以确定。现在，最不确定的就是那些酒杯。”

“酒杯有什么问题吗？”

“你还能记起那些酒杯吗？”

“清清楚楚。”

“说是有三个人用杯子喝酒，你觉得可能吗？”

“为什么不可能呢？每个杯子里都曾斟过酒。”

“是的。但只有一只杯子里有酒垢。你一定也注意到这一点。有什么想法吗？”

“最后倒酒的那只杯子里很可能有酒垢。”

“不，不。酒瓶里满是酒垢，难以理解的是前两只杯子清澈透明，第三只却布满了酒垢。有两个可能的解释，只有两个。一、第二杯酒斟好之后，酒瓶曾被剧烈地晃动过，所以，膜状酒垢就倒进了第三只杯子。但这似乎是不可能的。不，不。我敢肯定我的判断是正确的。”

“那么，你认为是为什么？”

“只有两只杯子是用过的，而且这两只杯子的残渣倒进了第三只杯子，结果就给人造成了有三个人的印象。这样，所有的酒垢都会在第三只杯子里，难道不是这样吗？一定是这样，我确信是这样。但是，如果这样一个普遍现象的原因果真被我言中，那么，这个案件在一瞬间就从平淡无奇变得复杂深奥，因为这就毫无疑问地意味着布来肯斯道尔夫人和她的女仆故意对我们说了谎，她们说的话没有一个字值得相信，她们在为了某种重要的原因包庇真凶。我们必须在没有她们帮助的情况下重新建构这一案件。这就是现在摆在我们面前的使命。华生，去西德纳姆的火车来了。”

格兰其庄园的人看见我们又返回来，非常吃惊。福尔摩斯发现霍普金斯已经离开了庄园，回去向总部报告。于是，福尔摩斯控制了餐厅，从里面将门锁上，在那里连续进行了两个多小时的缜密而又艰辛的调查，这项调查为他的非凡的推理奠定了坚实的基础。我像一名学生有趣地观察着教授的演示一样，密切关注着这项出色调查的每一个步骤。窗户、窗帘、地毯、椅子、绳子——逐一进行了细致的检查和充分的思考。遭遇不幸的爵士的尸体已经搬走了，其余一切都还是我们早晨所看到的样子。最后，福尔摩斯竟爬上那巨大的壁炉架上，这让我大吃一惊。依然连在金属丝上的几英寸长的红色细绳高悬在他的头上。他抬起头看了很长时间。为了靠得更近一点，他把一只膝盖顶在墙上一个木制的托架上。这样，还差几寸，他的手就可能够上绳子被拽断的地方。但是，他的注意力更多的是集中在托架上，而不是绳子。终于，他满意地跳了下来。

“好了，华生。”他说，“我们已经结案了，这是我们所收集到的最精彩的案例之一。但是，亲爱的华生，我太迟钝了，险些铸成一生的大错。我觉得只差几个不多的环节，我们的链条就完成了。”

“你已经知道凶手是哪些人了吗？”

“不是那些，是那个，华生。只有一个凶手，但却是一个难以对付的家伙。他凶猛如狮——这就证明了为什么那一击竟能使铁棍弯曲，身高六

英尺[1]，像松鼠般灵活，手指很灵巧；最后，也是最了不起的，他头脑灵活，整个构思巧妙的故事是他编造出来的。华生，我们面对的是一个极为狡猾的家伙亲手设计的一切。但是，在铃的拉绳上他已经为我们留下了确凿的线索。”

“什么线索？”

“华生，如果你来拉铃绳，你想绳会在什么地方断？肯定会在绳与金属丝连接的地方。为什么那根绳却在距离顶端三英寸的地方断开？”

“因为那儿已经被磨损了。”

“是的。这一端，我们可以看出，已经被磨损了。他很狡猾，这是他专门用刀子磨的。但另一端，没有被磨损，你从这里看不出来。但是，如果从壁炉架上就可以看到，这里没有任何磨损的痕迹，完全是用刀子割断的。你可以把发生的事再回想一次。罪犯需要用绳子。他没有直接拽下来，因为害怕铃声引起人们的注意。那么他是怎么做的呢？他跳上壁炉架，但还不能完全够到，于是他便将一只膝盖支在托架上——你可以看见灰尘上的印痕——用刀子将铃绳磨破。我还够不到，至少差三英寸，所以我断定，这是一个至少比我高三英寸的人。你看橡木椅上的痕迹，那是什么？”

“血。”

“是血，毫无疑问。只此一点就说明女主人的陈述不值得考虑。如果实施犯罪时她坐在那把椅子上，那么哪儿来的血呢？不，她是在她丈夫死后被置于那把椅子上的。我敢打赌，那件黑色外衣留下了相应的印迹。华生，我们还没有遭遇滑铁卢，相反，这是一场马伦戈战役，以失败开始，以胜利告终。我想和女仆赛若撒谈一谈。如果我们想要得到需要的信息，一会儿我们必须仔细谨慎。”

这个不苟言笑的澳大利亚女仆——沉默、多疑、冷峻——是一个很有意思的人。福尔摩斯和蔼可亲，对她的话坦诚接受，这使得她的态度也相

---

① 1英尺=0.304799999537米

应地随和起来。她并不试图掩饰对已故主人的憎恨。

“是的，先生，他向我扔饮料瓶，那是因为我听见他骂我的女主人。我告诉他，如果她兄弟在这儿，他就不敢这样说话，于是，他就向我扔了过来。如果女主人不在场，他扔的就会不止一个。他一直虐待我的女主人，而她自尊心太强，从不向人抱怨。她甚至不愿告诉我他对她的所作所为。她从来没有告诉过我你今天早上看到的手臂上的伤痕，但我很清楚那是用帽子上的饰针扎的。奸诈的魔鬼——上帝原谅我吧，他都死了我还这么说他。如果曾有魔鬼行走于人世间，那就一定是他。仅仅十八个月以前，我们初次和他见面。那时他确实是一个出类拔萃的人。现在我们俩都觉得那好像是十八年前的事。那时，她刚刚到伦敦，是她的第一次旅行，以前从来没有离开过家。他用他的爵位、金钱和虚伪的伦敦礼仪赢得了她的爱。如果说这是她犯的一个错误，那她已经为此付出了代价，这是一个女人所付出的最高代价。我们是几月份见到他的？嗯，我们到了以后很快就和他见面了。我们是六月到的，和他见面是七月，他们是去年元月份结的婚。她又到晨室里来了，肯定会来见你，但一定别问她太多的问题。她刚刚遭受了一个血肉之躯所能承受的一切。”

女主人布来肯斯道尔夫人斜靠在早上的那个沙发上，但看起来气色比先前好一些。女仆和我们一起走了过去，准备为女主人抚平她紧皱的眉头。

“我希望”，女主人说道，“你们不是要再盘问我吧？”

“不是。”福尔摩斯用他最温和的口吻回答道。

“我不会给你带来不必要的麻烦，布来肯斯道尔夫人。我唯一的希望就是为你化解问题，因为我相信你是一个饱受折磨的女人。假如你能像朋友一样对待我，你会发现你的信任是有所值得的。”

“你想让我干什么？”

“告诉事情的真相。”

“福尔摩斯先生。”

“不，不，布来肯斯道尔夫人，这样没用。你或许听说过我那一点小小的名气。我愿意拿我的全部声誉作赌，你所说的纯属捏造。”

女主人和女仆都以惊愕的目光盯着福尔摩斯，脸色苍白。

“放肆的狂妄之徒！”女仆大声叫道，“你是说我的主人在对你撒谎？”

福尔摩斯从椅子上站了起来：“你再没有什么要告诉我的吗”？

“我已经把一切都告诉你了。”

“再想一想，布来肯斯道尔夫人，难道坦率一些不是更好吗”？

那张漂亮的脸在一瞬间显现出迟疑。然后，某种更为强烈的念头使它凝固成了一个面具一样。

“我已经把我知道的一切都告诉你了。”

福尔摩斯拿起帽子，耸了耸肩，说道：“对不起。”然后一句话也没再说就离开了房间。

院子里有一个水池，我跟着我的朋友走了过去。水面都已结冰，但为了一只天鹅，冰面上打了一个眼。福尔摩斯凝视了一会儿水面，然后向门房走去。他给霍普金斯写了一张便条留给了看门人。

“不论成功与否，仅仅为了证明第二次来访是值得的，我们一定要为朋友霍普金斯做一些事情。”福尔摩斯说，“我还不能告诉他我到底打算怎么做。我想下一个调查地点一定是阿德雷德至南安普敦航线的船舶业务代理行，如果我没记错，应该位于波尔商业区的顶头。还有一条把南澳大利亚与英国连接起来的轮船航线，但是，我们还是先拉大网吧！”

福尔摩斯的名片送给经理后马上受到重视，他也很快获得了所需要的信息。1895年6月，他们仅有一艘轮船到过英国港，是他们最大、最好的轮船，“直布罗陀山号”。从旅客名单中可以看出，来自阿德雷德的福瑞斯小姐与其女仆一起旅行。那艘船现在航行于苏伊士运河南部一带，正驶往澳大利亚。高级船员与1895年时相比，只有一个变化，当时的大副杰克·洛克先生已经被任命为船长，将要负责另一艘新的船只，“巴斯山号”，两天后从南安普敦起航。他住在西德纳姆，这天早上他有可能会来接受指令，如果我们愿意等的话，能见到他。但福尔摩斯先生却根本无意和他见面，只是很想对他的过去和人品作进一步的了解。他的过去很辉煌，船队中没有一个船长能与他媲美。在人品方面，他对工作尽心尽力，可一离开甲板，就会变得粗暴狂野、胆大妄为、感情用事、冲动鲁莽。但是同时，他忠厚老实，心地善良。了解到这些重要信息之后，福尔摩斯离开了阿德雷德——南安普敦航运公司，乘车直奔伦敦警察厅。但他并没有直接走进去，而是坐在马车里，双眉低垂，陷入沉思。过了一会儿，他乘车来到电报所，发了一封电报。然后我们向贝克街走去。

“不，华生，我不能这样做。”我们进到屋子里的时候他说，“逮捕令一旦发出，什么也救不了他。在我的职业生涯中，有那么一两次，我觉得，我查出罪犯所造成的伤害比罪犯自己的罪行所造成的伤害更大。我已经学会了谨慎，我宁愿与英国的法律开个玩笑，也不愿与自己的良心开玩笑。在采取行动之前，让我们再了解一些情况。

傍晚，斯坦尼·霍普金斯警长来访，案子进展得很不顺利。

“福尔摩斯先生，你真是一位魔术师。我有时的确认为你拥有超人的能力。请你告诉我，你是怎么知道被盗的银器在水池的底部的？”

“我不知道。”

“但你让我去检查。”

“那么，你查出来了？”

“查出来了。”

“如果对你有帮助，我很高兴。”

“可是你没有帮我，反而把事情弄得更复杂了。什么样的盗贼会偷走银器，然后又扔在附近的水池里呢？”

“这当然非常奇怪。我只是在想，如果银器被并不需要它的人拿走，这些人可以说只是为了掩人耳目，那么，他很自然地会急于扔掉这些东西。”

“嗯，我认为这很可能。当他们从那个法式窗户出来后，看见一个水池，就在他们眼皮底下，而且冰面上还有一个对他们非常方便的小孔。还有比这更好的藏匿处吗？”

“啊，一个藏匿处——这样好理解一些。”霍普金斯说，“是啊，我明白了。当时天色还早，路上人，他们害怕被人看见携带的银器，便扔到了水池中，打算危险过去之后再捞起来。好极了，福尔摩斯先生，这比你刚才说的掩人耳目更准确一些。”

“很可能是这样，你的看法令人赞赏。我丝毫也不怀疑我自己的想法太不合常理。但你不得不承认，他们最后的确发现了银器。”

“是，是的。这都是你的功劳。可我的判断出现了严重失误。”

“失误？”

“是啊，福尔摩斯先生，兰道尔这帮人今天早晨在纽约被捕了。”

“哎呀，霍普金斯，这与你认为他们昨天晚上在肯特作案的看法是相抵触的。”

“这很关键，福尔摩斯先生，非常关键。但是，除了兰道尔这帮人外，还有其他三人帮，或者还有某个尚未被警察掌握的新帮派。”

“很有可能。啊，你要走吗？”

“是啊，在案子水落石出之前，我是不会安宁的。你还有什么线索吗？”

“我已经给了你一个。”

“哪个？”

“嗯，就是刚才我给你说的障眼法。”

“但是为什么呢？福尔摩斯先生，为什么？”

“当然，这是个问题。但我还是要把这一想法灌输给你，也许你会发现这其中有一定的可能性。不留下吃顿饭？好吧，再见，别忘了把进展情况告诉我们。”

吃了晚饭，收拾好餐桌，福尔摩斯又提起了案子。他点燃烟斗，把穿着便鞋的双脚跷在欢快的火焰上。突然，他看了一下手表。

“我预计该见分晓了，华生。”

“什么时候？”

“现在，几分钟之内。可能你觉得刚才我对霍普金斯很不友好吧？”

“我相信你的判断。”

“一个很明智的回答，华生。你应该这样来想：我所知道的是非官方的，而他所知道的是官方的。我有权力做出我个人的判断，而他却没有。他必须把一切都公开，否则就是对职责的背叛。在这样一个悬而难决的案子中，我不会让他很为难。所以，在我自己对此事完全明了之前，有些信息我没有告诉他。”

“但什么时候你能完全明了呢？”

“已经到时候了。你会亲眼目睹这精彩的短剧最后一幕。”

楼梯上传来一阵响声，我们的门打开了，走进了一位曾经出入过这道门的“最优质”的男人。他身材魁梧，留着金色的胡须，长着一双蓝色的眼睛，皮肤被热带地区的太阳晒得黝黑，脚步轻盈，这表明他那高大的体形既灵活又强壮。他关上门，站在那里，双手握拳，抑制着某种强烈的情感。

“请坐，克洛克船长。你收到我的电报了？”

我们的客人坐在扶椅上，用疑问的眼光在我俩身上扫来扫去。

“我收到你的电报了，也按照你说的时间赶来了。听说你去过办公室。我根本没有办法从你的手上逃脱。让我听听最坏的结果吧！你打算把我怎么办？逮捕我？你倒是说呀！你不能坐在那儿跟我玩猫和老鼠的游戏。”

“给他一根雪茄，”福尔摩斯说，“克洛克船长，把它衔在嘴里，不要让你的勇气溜走了。如果我认为你是一个普通的罪犯，我就不会坐在这里和你一起抽烟，这你是知道的。你对我坦率一些，我或许能帮你；如果你要花招，那就没你的好下场。”

“你希望我做什么？”

“把昨天晚上发生在格兰其庄园的事如实地描述一遍，如实地，我提醒你，不要添枝加叶，也不要隐瞒事实。我已经知道的很多了，如果你略微偏离事实，我将会从窗口吹响警笛，那么这件事从此与我再不相干了。”

水手思考了片刻，用手重重地拍打自己的腿，手很大，晒得很黑。

“那我就碰碰运气吧。”他大声说道，“我相信你是一个守信用的人，一个有教养的人，所以我愿意把整个事情都告诉你。但是我想首先声明，就我来讲，我不后悔，也不害怕，我还愿意再做一次，我为此感到骄傲。那个该死的畜生，如果他像猫一样有多条命，每一条都是欠下我的！但是，那位女士，玛丽·福瑞斯，我永远也不会用那个该死的名字来称呼她，每当我想到让她受到牵连，我就觉得自己的灵魂收到煎熬。我愿意用自己的生命换取她美丽的微笑，哪怕是一次。我所能做的还有什么呢？先生，我会告诉你我的事情，然后，我要问问你，作为男人，我所能做的还有什么呢？

“我需要往前说一点。你似乎什么都知道了，所以我想你知道我在直布罗陀山号船上做大副的时候，她乘坐这艘船，我认识了她。从我认识她的第一天起，她便是我心中唯一的女人。在航行中，我的爱与日俱增。从那以后，夜间值班的时候，我很多次跪在黑暗中亲吻甲板，因为我知道她那双可爱的脚曾经踩踏过。她从没有对我感兴趣，对我的态度就像一般女人对男人一样。我也没有什么可抱怨的，因为所有的爱都在我这一方，而她那一方只是友好的情谊。我们分手之后，她还是一个自由的女人，而我却不再是一个自由的男人。

“第二次航行结束后，我听说她结婚了。唉，她为什么不应该嫁给她喜欢的人呢？爵位和金钱，谁比她更应该拥有这些呢？她生来就应该享受一切美好的东西。我并不因为她的婚姻而伤心难过，我不是这样一个自私的卑鄙小人。我真是为她交了好运而高兴，为她没有把自己委身于一文不名的水手而高兴。那就是我对玛丽·福瑞斯的爱。

“后来，我从没有想过再见她。但在上次的航行中我得到提拔，那艘新船还没有下过水，所以我不得不和我的水手在西德纳姆等几个月。一天，在城外的一条乡村大道上，我遇见了赛若撒·怀特，玛丽·福瑞斯的女仆。女仆把玛丽的一切都告诉了我，包括他，所有的一切。我告诉你，先生，我听了以后几乎快发疯了。这个酒鬼，竟敢动手打她，他给她提鞋都不配！后来我又遇见赛若撒，接着又见到了玛丽·福瑞斯——又一次见到她。后来她不想再见到我。但有一天，我得到通知，我在一周之内将出海航行，我想我一定要在走之前见她一面。赛若撒一直是我的朋友，因为她几乎像我一样爱玛丽，也几乎像我一样恨那个恶棍。从赛若撒那里我了解到房子的布局。玛丽过去总是在楼下她自己的小屋里读书，我爬到那里，轻轻地敲了敲窗户。一开始她不想打开窗户，但我知道，在她心里，她现在是爱我的，不会在一个霜冻的夜晚留下我不管。她小声告诉我绕到前面的大窗户，我发现那扇窗户已经打开了，就这样进了餐厅。我又一次听见那些让我火冒三丈的事情，而且是她亲口告诉我，我又一次诅咒那个虐待我钟爱的女人的畜生。先生们，我和她就站在窗户边，清白无辜，上天可鉴。这时，他像一个疯子一样冲进屋里，用一个男人对一个女人可能用的最下流的语言辱骂她，用手上的棍子在她脸上猛打。我猛地抓起拨火棍。这是一场势均力敌的打斗。看这儿，我的胳臂，这是他先打中的地方。然后该我了，我向他横扫过去，好像他是一个腐烂的南瓜一样。你认为我很后悔吗？我才不会呢！不是要他的命，就是要我的命，但是还远不止这样，这是要他的命还是她的命问题。我怎么能让她受他的控制呢？我就这样杀了他。我错了吗？如果你们处在我的位置上，两位先生会怎么做呢？

“当她被打的时候，她大声尖叫。听见声音，赛若撒从楼上自己的房间里下来。餐具柜上有一瓶酒，我把酒打开，在玛丽的双唇之间倒了一点，因为她被吓昏了。然后我自己喝了一口。赛若撒非常冷静，那一招都是我们两个一块儿想出来的。我们想让人觉得这是强盗干的。赛若撒不停地把我们编造的故事讲给她的主人，同时，我爬上去割断铃绳，把她捆在椅子上，再把绳子的末端磨破，这样看上去自然一点，不然的话，别人会想强盗怎么会爬上去把绳子割断呢？后来我找了一些银盘和银杯，让人认为这是一场抢劫。我让她们在我离开后十五分钟报警，然后我就走了。我把银器扔在水池后，向西德纳姆走去，我感到在我生命中我终于干了一件真正有意义的夜间工作。这就是真相，全部的真相，福尔摩斯先生，如果要以我的生命为代价的话。”

福尔摩斯静静地吸了一会儿烟，然后穿过房间握着我们客人的手说：“那就是我所想的。我知道你每一句话都是真的，因为几乎没有一句我不知道的事情。除了杂技演员和水手外，没有人能从那个支架上够到铃绳，除了水手没有人能打那样的结把绳子绑在椅子上。这位女士只有一次与水手打交道的机会，就是在她的那次航行中，这个人在生活中与她相匹配，因为她尽量保护他，这表明她喜欢他。你看，一旦我方向正确，找到你是多么容易啊！”

“我想警察永远都不会识破我们的妙计。”

“在我看来，警察还没有识破，永远也不会。你看，克洛克船长，这是一件非同小可的事，虽然我愿意承认你是在受到极端挑衅的情况下才做的，而且换了任何人都会这样做。我不敢肯定你为了自卫所采取的行动是合法的。可那是英国陪审团要决定的事。同时，我对你非常同情，如果你想在未来的二十四小时内消失掉，我向你许诺，没有人会阻止你。”

“然后一切都会真相大白？”

“当然，一切都会真相大白。”

水手气得满脸通红。

“这哪是给一个男人出的主意？我的法律知识足够让我知道玛丽会作为同谋而被捕。你认为我会偷偷溜走，让她一个人单独承担后果吗？不，先生，让他们把什么后果都施加给我吧。福尔摩斯先生，看在上帝的份上，想些办法把玛丽解脱出来吧。”

福尔摩斯第二次向这个水手伸出手去。

“我只是在试探你，而每一次听起来都很真实。我自己承担了这项重大责任，但是我已经给霍普金斯一个非常好的暗示，如果他不能利用这一暗示，我也就无能为力了。你看，克洛克船长，我们将以适当的法律形式来处理这件事。船长，你是被告。华生，你是英国陪审员，我还从来没有见过一个能更好地扮演这一角色的人。我是法官。现在，陪审员先生，你已经听到了证词。你认为这位被告有罪还是无罪”？

“无罪，法官先生。”我说。

“这是民众之声。你被宣判无罪，克洛克船长。只要法律没有发现其他受害人，在我看来你是安全的。一年后回到这位女士身边，希望她的未来和你的未来能够证明今天晚上我们的宣判是正确的。”

（陈静译）

第二块血迹

我原来打算发表《格兰其庄园》之后，不再写我的朋友歇洛克·福尔摩斯先生的辉煌事迹了。这并不是因为缺少素材，实际上还有几百个案例没有使用过；也不是因为读者对于这位卓越人物的优秀品格和独特方法失掉了兴趣，真正的原因是福尔摩斯先生不愿意再继续发表他的经历。其实，记录他的事迹对他的侦缉工作是有好处的，但是他一定要离开伦敦，到苏塞克斯丘陵地带去研究学问和养蜂，所以很不喜欢继续发表他的经历，而且再三叮咛要我尊重他的意愿。我对他说，我已经向读者表明，《第二块血迹》发表之后，即将结束我的故事，而且用这样一个重要的国际性案件作为全书的结尾，是最恰当不过了。所以，最后我得到他的同意，小心谨慎地给公众讲一讲这个事件。讲述这个故事的时候，有些细节可能显得不很清楚，请公众谅解我不能不有所保留的苦衷。

某一年秋天，年代不能讲明，请读者原谅，一个星期二的上午，有两位驰名欧洲的客人来到我们贝克街的简陋住所。一位是著名的倍棱格勋爵，他曾两度担任英国首相；他的鼻梁高高耸起，两目炯炯发光，相貌显得十分威严。另一位肤色黝黑，面目清秀，举止文雅，虽然不到中年，可是看样子阅历很广；他就是崔洛尼·候普——负责欧洲事务的大臣，英国最有前途的政治家。他们二人并肩坐在堆满文件的长沙发椅上，从他们忧虑而焦急的神色可以看出，他们到这里来一定是有要事相求的。首相那青筋凸起的双手紧紧握着一把雨伞的象牙柄，他看看我又看看福尔摩斯，憔悴、冷漠的脸上现出无限的忧愁。那位欧洲事务大臣也心神不安地时而捻捻胡须，时而又摸摸表链坠。

“福尔摩斯先生，今天上午八点钟我发现有重要文件遗失，就赶忙告诉了首相。遵从首相的意见，我们立即来找你。”

“你通知警察了吗？”

首相说起话来迅速而又果断——众所周知，他总是这样讲话的：“没有，我们不能这样做。通知警察就意味着把文件公之于众，这正是我们所不希望的。”

“先生，这是为什么呢？”

“因为这个文件非常重要，一旦公之于众很容易，就很可能会引起欧洲形势复杂化，甚至说战争与和平的问题完全取决于此都不过分。追回文

件一事，必须绝对保密，否则也就毫无必要，因为盗窃文件的目的正是为了公布文件的内容。”

“我明白了。候普先生，请你准确地叙述一下文件是在什么情况下丢失的。”

“好，福尔摩斯先生，几句话便可以说清楚。我们六天以前收到一封信，是一位外国君主寄来的。这封信事关重大，因此我不敢放在保险柜里，而是每天带到白厅住宅街我的家中，锁在卧室的文件箱里。昨天晚上还在那儿，这是千真万确的。我换衣服吃晚饭的时候，打开箱子，看见文件还在里面。今天上午就不见了。文件箱一整夜全放在我卧室梳妆台镜子旁边。我和我的妻子睡觉都很轻，我们二人都敢肯定夜里没有人进到屋里。可是文件却不见了。”

“你什么时候吃的晚饭？”

“七点半。”

“你睡觉前做了哪些事？”

“我的妻子出去看戏了。我一直坐在外屋等她。到十一点半我们才进卧室睡觉。”

“也就是说，文件箱放在那儿有四小时没人看守。”

“除了我自己的仆人和我妻子的女仆早晨可以进屋以外，其他任何时间绝不允许任何人走进屋内。这两个仆人是可靠的，在我们这里工作已经相当久了。此外，他们二人谁也不可能知道在我的文件箱里放着比一般公文更重要的东西。”

“谁知道有这封信呢？”

“家里没有一个人知道。”

“你的妻子一定知道了？”

“不，先生。直到今天上午丢了这封信我才对她说的。”

首相赞许地点了点头说：“候普先生，我早就知道你的责任感是很强的。我深信这样一封重要信件的保密问题，会重于家庭中的个人情感。”

这位欧洲事务大臣点了点头：“蒙你过奖。今天早晨以前，我和我的妻子一个字都没有提到过这封信。”

“她会猜出来吗？”

“不，她不会，谁也不会猜出来的。”

“你以前丢过文件吗？”

“没有，先生。”

“在英国，还有谁知道有这样一封信呢？”

“昨天通知了各位内阁大臣有这样一封信，每天内阁会议都强调保密，特别在昨天的会上首相郑重地提醒了大家。天啊，过了几个小时，我自己便丢失了这封信！”他用手揪住自己的头发，神情极为懊丧，就连他那英俊的面容也变得十分难看。我们猛然看出他是个为人热忱、感情容易冲动、非常敏感的人。随后他的脸上又恢复了那种高贵的神情，语气也温和起来了。

“除了内阁大臣之外，还有两名也可能是三名官员知道这封信。福尔摩斯先生，我可以保证在英国再没有别人知道此事了。”

“可是国外呢？”

“我相信除了写信人以外，国外不会有人看见过这封信。我深信写信人没有通过他的大臣们，这件事不是按照通常的官方渠道办的。”

福尔摩斯考虑了一会儿。

“先生，我不得不问一下，这封信的中心内容是什么，为什么丢失这封信会造成这样重大的后果？”

这两位政治家迅速地交换了一下眼色，首相浓眉紧皱地说：“信封又薄又长，颜色是淡蓝的。信封上面有红色火漆，漆上盖有蹲伏的狮子的印记。收信人的姓名写得大而醒目……”

福尔摩斯说：“你说的这些情况很重要，值得重视，可是为了调查，我总要追本溯源。信的内容是什么？”

“那是最重要的国家机密，我不好告诉你，并且我以为这也不必要。如果你能施展你的能力找到我所说的信封和信，你会受到国家的奖赏，我们将会给你我们权限所允许的最大报酬。”

福尔摩斯面带微笑地站了起来说：“你们二位是英国最忙的人，可是我这个小小的侦探也很忙，有很多人来访。我非常遗憾在这件事情上，我不能帮助你们，继续谈下去是浪费时间的。”

首相立即站了起来，两只深陷的眼睛里射出凶光，一种使全体内阁大臣都望而生畏的目光。他说：“对我这样说话……”

可是，他忽然压制住自己的满腔怒火，又重新坐了下来。有一两分钟，我们都静坐着，没有人讲话。这位年迈的政治家耸了耸肩说道：“福尔摩斯先生，我们可以接受你的条件。你是对的，只有完全信任你，你才能采取行动。”

那位年轻的政治家说：“我同意你的意见。”

“我相信你和你的同事华生大夫的声誉，所以我将要把全部事情告诉你们。我也相信你们有强烈的爱国心，因为这件事一旦暴露出来，便会给我们国家带来不可想象的灾难。”

“你们可以放心地信任我们。”

“一位外国君主，对于我国殖民地发展很快感到愤慨，从而写了这封信。信是匆匆忙忙写成的，并且完全出于他个人的意见；调查说明他的大臣们并不知道这件事。同时，这封信写得也很不合体统，其中有些词句还带着挑衅性质，发表这封信将会激怒英国人。这会引起轩然大波。我敢说这封信如果发表了，一星期之后将会引起战争。”

福尔摩斯在一张纸条上写了一个名字，交给了首相。

“是的，正是他。这封信不知怎么丢失了，它可能引起几亿英镑的损耗和几十万人的牺牲。”

“你通知写这封信的人没有？”

“通知了，先生，刚才发了密码电报。”

“或许写信的人希望发表这封信。”

“不，我们有理由认为，写信的人已经感到这样做太不慎重，并且过于急躁了。如果这封信公之于众，对他自己国家的打击要比对英国的打击还沉重。”

“如果是这样的话，公布这封信符合哪些人的利益呢？为什么有人要盗窃并且公布这封信呢？”

“福尔摩斯先生，这就牵涉到紧张的国际政治关系了。如果你考虑一下目前欧洲的政局，就不难看出这封信的动机。整个欧洲大陆是个武装起来的营垒，有两个势均力敌的军事联盟，英国保持中立，维持着它们之间的平衡。如果英国被迫和某个联盟交战，必然会使另一联盟的各国占优势，不管它们参战与否。你明白了吗？”

“你讲得很清楚。也就是说，是这位君主的敌人想要得到并且发表这封信，以便使发信人的国家和我们的国家关系破裂。”

“是的。”

“如果这封信落到某个敌人的手中，他要把这封信交给谁呢？”

“交给欧洲任何一个国家的一位大臣。也许目前持信的人，正乘火车急速前往目的地。”

候普先生低下头去，并且大声呻吟了一下。首相把手放在他肩上安慰说：“亲爱的朋友，你很不幸，谁也不能责怪你。你没有疏忽大意。福尔摩斯先生，事情你全了解了，你认为该怎么办呢？”

福尔摩斯无可奈何地摇了摇头：“先生们，你们认为找不到这封信便会发生战争吗？”

“我认为这是有可能的。”

“那么，先生们，请准备打仗吧。”

“福尔摩斯先生，可是，很难说信一定找不回来了。”

“请考虑一下这些情况，可以想象，夜里十一点半以前文件已经被拿走了，因为候普先生和他的妻子从那时起直到发现信件丢失为止全在屋内。信件是在昨天晚上七点半到十一点半之间被盗走的，很可能是七点半过一点的时候，因为偷信的人知道信在文件箱内，一定想尽早拿到手。既然如此，那么现在信在哪儿呢？谁也没有理由扣压这封信。信很快便会传到需要这封信的人手中。我们还有什么机会找到信或是弄清信在哪儿吗？所以信是无法弄到了。”

首相从长沙发椅上站了起来：“福尔摩斯先生，你说的完全合乎逻辑，我感到我们确实是无能为力了。”

“为了研究这件事，我们假设信是女仆或是男仆拿走的……”

“他们都是老佣人，并且经受过考验。”

“我记得你说过，你的卧室是在二楼，并且没有门直接通到楼外，有外人从楼外去那儿不会不被人看见，所以一定是你家里的人拿走的。那么，这个小偷把信件交给谁了呢？交给了一个国际间谍或是国际特务，这些人我是熟悉的。有三个人可以说是他们的领头人，我首先要一个一个地调查，看看他们是否还在。如果有一个人失踪了，尤其是从昨天晚上不见了，那么，我们便可以得到一点启发，知道文件到哪儿去了。”

欧洲事务大臣问："他为什么一定要出走呢？他完全可以把信送到各国驻伦敦的大使馆。"

"我想不会的。这些特务是独立地进行工作的，他们和大使馆的关系常常是紧张的。"

首相点点头表示同意："福尔摩斯先生，我相信你说得有道理。他要把这样宝贵的东西亲手送交总部。你要采取的步骤是可行的。候普，我们不要因为这件不幸的事情而忽略了其他事务。今天如果有新的进展，我们将会告诉你，并且请你告诉我们关于你调查的结果。"

两位政治家向我们告别后，庄严地离开了。

客人走了以后，福尔摩斯默默地点上烟斗，坐下来沉思了好一会儿。我打开晨报，全神贯注读着一件昨天夜里发生的骇人听闻的凶杀案。正在这时，我的朋友长叹一声地站了起来，并把他的烟斗放在壁炉架上。

他说："只能这样着手解决，没有更好的办法了。情况十分严重，不过还不是完全绝望的。现在需要我们弄清谁拿走了这封信，可能信还在他手中没有交出去。对于这些人说来，无非是个钱的问题，钱由英国财政部支付，不怕花钱。只要他肯出卖，我就要买，不管花多少钱。可以想象到这个偷信的人把持着这封信，看看这一方能付多少钱，再试试另一方。只有三个人敢冒这样大的危险，奥勃尔斯坦、拉若泽和艾秋阿多·卢卡斯。我要分别去找他们。"

我向我手中的晨报瞥了一眼："是高道尔芬街的艾秋阿多·卢卡斯吗？"

"是的。"

"你见不到他了。"

"为什么？"

"昨天晚上他在家里被杀害了。"

在我们破案的过程中，他常常使我吃惊，而这一次我看到我使他吃了一惊，不免心中十分高兴。他惊讶地凝视着报纸，然后从我手中夺过去。

下面就是他从椅子上站起来的时候，我正在读的一段：

威斯敏斯特教堂谋杀案

昨晚在高道尔芬街十六号发生了一起神秘的谋杀案。这条街位于泰晤士河与威斯敏斯特教堂之间，议院楼顶的倒影几乎可以遮住它，幽静的街道两旁全是18世纪的旧式住宅。十六号是栋小巧精致的楼房，伦敦社交界有名的艾秋阿多·卢卡斯先生，他在这里已经居住多年了。他平易近人，曾享有英国最佳业余男高音演员的声誉。卢卡斯先生现年三十四岁，未婚。家中有一名女管家波林格尔太太和一名男仆米尔顿。

女管家住在阁楼上，很早便就寝了。男仆当晚不在家，外出探望住在汉莫尔斯密的一位朋友。晚十点以后，家中只有卢卡斯先生一人，此时发生了什么事情尚待查清。

到了十一点三刻，警察巴瑞特巡逻经过高道尔芬街，看到十六号的大门半开着。他敲了敲门，却没有人答应。他看见前面的屋子里有灯光，便走进过道又继续敲门，仍然没有动静。于是他推门走了进去，只见屋里乱得不像样子，家具几乎全都翻倒在屋子的一边，一把椅子倒在屋子正中央。死于非命的房主倒在椅子旁，一只手仍然抓着椅子腿，一定是刀子扎进他的心脏后，他当即身亡。杀人的刀子是把弯曲的印度匕首，是原来挂在墙上作为装饰品的东方武器。凶杀的动机不像是抢劫，因为屋内的贵重物品并没有丢失。艾秋阿多·卢卡斯先生很有名，同时也深受大家喜爱，所以他的悲惨而神秘的死亡，一定会引起他众多朋友们的深切关心和同情。

福尔摩斯过了一会儿问：“华生，你认为这是怎么一回事？”

“这不过是个偶然的巧合。”

“巧合！他就是我们刚才说过的三个人中最可能登台表演的人物，正在这场戏上演的时刻，他惨死了。从情况看来大半不会是巧合，当然还不能说得很准确。亲爱的华生，这两件事可能是互相关联的，一定是互相关联的。我们正是要找出它们互相之间的关系。”

“现在警察一定全知道了！”

“不过，他们只知道他们在高道尔芬街所看到的。至于在白厅住宅街发生的事，他们肯定不知道，将来也不会知道。只有我们两件事全知道，并且能够弄清这两件事之间的关系。不管怎么说，有一点使我怀疑卢卡斯，这就是：从威斯敏斯特教堂区的高道尔芬街到白厅住宅街，步行只需要几分钟。可是，我说的其他两个间谍都住在伦敦西区的尽头。因此，卢卡斯要比其他二人更容易和欧洲事务大臣的家人建立联系或是得到消息，虽然这件事本身是小事，但是考虑到作案时间只发生在几小时之内，那么这一点也许就是重要的了。喂！谁来了？”

哈德森太太拿着托盘走进来，盘内有一张妇女的名片。福尔摩斯看了看名片，好像看到一线希望，又随手把名片递给了我。他对哈德森太太说：“请希尔达·崔洛尼·候普夫人上楼来。”

在这间简陋的房间里，那天早上我们接待了两位名人之后，一位伦敦最可爱的妇女又光临了。我常听人说起倍尔明斯特公爵的幼女的美貌，但是无论是别人对她的赞美还是她本人的照片，都不曾使我料到她竟长得这样纤柔婀娜，容貌是那样艳丽无比。然而，这样一位妇人，在那个秋天的上午给我们的第一个印象，却不是美丽。她的双颊虽然十分可爱，但是由于感情激动而显得苍白；双眼虽然明亮，但是显得急躁不安；为了尽力控制自己，她那薄薄的嘴唇也紧紧地闭拢着。当她笔直地站在门边时，最先映入我们眼帘的不是她的无比美丽，而是她的极度恐惧。

“福尔摩斯先生，我丈夫来过这里吗？”

“不错，太太，他来过了。”

“福尔摩斯先生，我请求你不要告诉他我来过。”

福尔摩斯冷淡地点了点头，并且指着椅子请她坐下。

“夫人，你使我很为难。请你坐下讲你有什么要求，不过我恐怕不能无条件地答应一切。”

她走到屋子另一边，背对着窗户坐下来。那风度真像个皇后，身材苗条，姿态优雅，富有女性的魅力。

她的两只戴着白手套的手时而握在一起，时而松开。她说：“福尔摩斯先生，我愿意对你开诚布公，同时希望你对我也能十分坦率。我和我丈夫几乎在所有的事情上都是完全互相信任的，只不过有一件事例外，那就是政治问题。在这方面他总是守口如瓶，什么也不告诉我。现在我才知道，我们家中昨夜发生了很不幸的事。我知道丢失了一个文件。但是因为这是个政治问题，我丈夫就没有对我完全讲清楚。事情很重要，非常重要，我应该彻底了解这件事。除了几位政治家之外，你是唯一了解情况的人，福尔摩斯先生，我请求你告诉我出了什么事，可能导致什么结果。福尔摩斯先生，请告诉我详情。请你不要因为怕损害我丈夫的利益而不肯对我说，因为只有充分相信我，他的利益才能有所保证，这一点他早晚是会明白的。请你告诉我，究竟丢失的是什么文件呢？”

“夫人，你所问的是不能说的。”

她叹了口气并用双手遮住了脸。

“夫人，你要明白，我只能这样做。你的丈夫认为不应当让你知道这件事；那么我，由于职业的缘故，并且在发誓保守秘密之后，知道了全部事实，难道我能随便说出他不允许讲的话吗？你还是应该去问他本人。”

“我问过他。我到你这儿来是万不得已的。福尔摩斯先生，你既然不肯明确地告诉我，那么能够给我一点启发吗？这样对我也会很有帮助的。”

“夫人，这一点启发指的是什么呢？”

“我丈夫的政治生涯，是否会因为这个意外事件而受到严重的影响呢？”

“除非事情得到纠正，否则是会产生严重后果的。”

“啊！”她深深地吸了一口气，好像疑难全解决了似的。

“福尔摩斯先生，我还有一个问题。从我丈夫对于此事刚一显出震惊起，我便明白，丢失这个文件将会在全国引起可怕的后果。”

“如果他这样说，我当然不会有异议。”

“丢失文件所造成的后果是什么性质的呢？”

“不，夫人，你所问的，不是我应该回答的。”

“那么我不再耽误你的时间了。福尔摩斯先生，我不能责怪你讲话过于严谨，而我相信你也不会说我不好，因为我希望分担他的忧虑，虽然他不愿意这样做。我再一次请求你，不要对他说我来过。”

她走到门口，又回头看了我们一下，她那美丽而又焦虑的面容又一次留给我深深的印象，还有她那受惊的目光和紧闭着的嘴。她走出了房门。

起初的裙子摩擦的窸窣声渐渐听不见了，接着前门砰然一响，声音完全消失了。这时，福尔摩斯微笑着说：“华生，女性属于你的研究范围。这位漂亮的夫人在耍什么把戏呢？她的真正意图是什么呢？”

“当然，意图她讲得很清楚，而她的焦虑也是很自然的。”

“哼！华生，你要想想她的表情、她的态度、她的压抑着的焦虑不安和她一再提出的问题。你知道她是出身于一个不肯轻易表露感情的社会阶层。”

“的确，她的样子是很激动的。”

“你还要记住，她一再恳切地对我们说，只有她了解到一切，才对她丈夫有利。她说这话是什么意思呢？而且你一定注意到了，她坐在那儿设法使阳光只照到她的背部，她不想让我们看清她的面部表情。”

“是这样的，她特别挑了那把背光的椅子坐下。”

“妇女们的心理活动是很难猜测的。正是出于同样的原因，我怀疑过玛尔给特的那位妇女，这你大概还记得，从她鼻子上没有擦粉而得到启发，终于解决了问题。你怎能这样轻信呢？有时她们一个细小的举动包含了很大的意义，一个发针或一把卷发火剪就可以显露出她们的反常。华生，早安。”

“你要出去？”

“是的，我要去高道尔芬街，和我们苏格兰场的朋友们一起消磨今天上午。我们的问题和艾秋阿多·卢卡斯有直接关系，不过，究竟采取什么方法解决，我现在是毫无办法。事情还没有发生便得出看法，这样做是极大的错误。我的好华生，请你值班接待客人，我尽量回来和你一起吃午饭。”

从那天算起，三天过去了，福尔摩斯一直很沉默，凡是他的朋友们都知道他在沉思默想，而外人却以为他很沮丧。他出出进进，不停地吸烟，拿起小提琴拉两下又丢开，不时坠入幻想，不按时吃饭，也不回答我随时提出的问题。显然，他的调查进行得很不顺利。关于艾秋阿多·卢卡斯被谋杀这个案件，他什么也不说，我只是从报纸上知道一些片断，例如逮捕了死者的仆人约翰·米尔顿，但是随后又释放了。验尸官提出申诉说，这是一件蓄意谋杀案，但是弄不清楚案情以及当事人。杀人动机不明。屋内有很多贵重物品，都丝毫未动，死者的文件也没有翻动。详细地检查了死者的文稿书信等，得知他热衷于研究国际政治问题，非常健谈，是个出色的语言学家，往来信件很多。他和几个国家的主要领导人都很熟悉，但是从他抽屉里的文件中没有发现值得怀疑之处。至于他和女人的关系，很杂乱，但都交往不深。他认识许多女人，但是女朋友很少，也没有一个为他所爱。他没有特殊的生活习惯，他的行为循规蹈矩。他的死亡是很神秘的，也可能无法解决这个问题。

至于逮捕仆人约翰·米尔顿，那不过是沮丧失望之余的一点措施，以免人们议论当局无所行动。这个仆人那天夜里到汉莫尔斯密去看望朋友，案发时不在现场的证据是充分的。从他动身回家的时间推算，他到达威斯敏斯特教堂的时候，还没有人发现这件凶杀案。但是他解释说当晚夜色很好，他步行了一段路程，所以，他是十二点到家的，到家后就被这件意外的惨案吓得惊慌失措。他和他主人的关系一直很好。在这个仆人的箱子里发现了一些死者的物品，引人注目的是一盒刮脸刀，但他说这是主人送他的，而且女管家也证实了此事。卢卡斯雇用米尔顿已有三年，值得注意的是卢卡斯没有带米尔顿去过欧洲，有时卢卡斯在巴黎一住便是三个月，而米尔顿只是留在高道尔芬街看家。

至于女管家，出事的夜里，她什么也没听到。如果有客人来的话，她说也是主人自己去请进来的。

我从报纸上一连三个上午都没有看到侦破此案的消息。如果福尔摩斯知道更多的情况的话，至少他没有讲出来。但是，他告诉我，侦探雷斯垂德把所掌握的情况都告诉了他，我也相信他能够迅速了解破案的进展情况。直到第四天上午，报上登载了从巴黎拍来的一封很长的电报，似乎就解决了全部问题。电文如下：

> 巴黎的警察已经有所发现，这可以揭示艾秋阿多·卢卡斯先生惨死之谜。读者或许还记得，卢卡斯先生是于本周星期一夜间在高道尔芬街自己的住室内被人用匕首行刺致死的。其男仆曾受到怀疑，后经查证不在犯罪现场而释放。昨日有几名仆人向巴黎警察当局报告，他们的主人亨利·弗那依太太精神失常。她居住在奥地利街某处的一栋小房子里。经有关卫生部门检查，证实弗那依太太长期以来患有危险的躁狂症。据调查，弗那依太太本周星期二自伦敦归来，有证据说明其行踪与威斯敏斯特教堂凶杀案有关。经验证和多方核对照片之后，当局认为M. 亨利·弗那依与艾秋阿多·卢卡斯实际上是一个人。死者

由于某种原因，分别在巴黎和伦敦轮流居住。弗那依太太是克里奥尔人，性情古怪，很易激动，因忌妒而转为癫狂。据估计，病人可能由于癫狂发作而持匕首行凶，以致轰动整个伦敦。目前，对于星期一晚间病人的全部活动尚未查清。但是，星期二清晨，在查林十字街火车站上，有一名容貌酷似她的妇女，由于外貌奇异、举止狂暴而引起人们的特别注意。因此，有关人士认为，或者是病人因处于癫狂状态而杀了人，或者是由于行凶杀人致使病人癫狂症复发。目前，她尚不能连贯地叙述她的过去，并且医生们认为使她恢复理智是无望的。有人证明，有一位妇女，本周星期一晚上在高道尔芬街，曾一连几个小时地凝视着那栋房子，她也许就是弗那依太太。

福尔摩斯快吃完早饭的时候，我给他读了这段报道，并说："福尔摩斯，你对于这段报道怎样看呢？"

他站起来，在屋里来回踱步："华生，你真能把话闷在心中不说。过去三天里我没给你讲什么，是因为没有什么可说的。现在从巴黎来的这个消息，对我们同样没有多大用处。"

"和卢卡斯之死总还有较大的关系吧？"

"卢卡斯的死只是个意外的事件，它和我们的真正目标——找到文件并使欧洲避免一场灾难——相比，实在是小事一件。过去三天里唯一重要的事情，是什么事也没发生。这两天我几乎每过一小时就收到一次政府方面的报告，可以肯定，整个欧洲，不管在哪里，目前都没有不安的迹象。如果这封信丢失了，不，不可能丢失，如果丢失了，信又在哪儿呢？谁拿着这封信呢？为什么要扣压这封信呢？这个问题真像是一把锤子，日夜敲着我的脑子。卢卡斯的死和丢失信件，这真是巧合吗？他收没收到过信呢？如要收到了，为什么他的文件里却没有呢？是不是他的疯癫的妻子把信拿走了呢？这样的话，信是不是在她巴黎的家中呢？我怎样才能搜到这封信而不引起巴黎警察的怀疑呢？亲爱的华生，在这个案子上，不但罪犯和我们为难，连法律也和我们作对，人人都妨碍我们，可是事情又很重大。如果我能顺利地解决这个案子，那将是我平生事业的最大光荣。啊，又有最新的情况！”他匆忙地看了一眼刚刚交到他手中的来信说，“好像雷斯垂德已经查出重要的情况。华生，带上帽子，我们一同走到威斯敏斯特教堂区去。”

这是我第一次到现场，这栋房子比较高，外表显得很陈旧，但是布局严谨，美观大方，结实耐用，它带着18世纪的风格。雷斯垂德正由前面窗户那儿往外张望，一个高个子警察打开门，请我们进去，雷斯垂德走上前来热情地表示欢迎。我们走进去一看，除了地毯上有一块难看的、形状不规则的血迹以外，什么痕迹都没有。一小块方形地毯，摆在屋子正中央，四周是由小方木块拼成的美丽的旧式地板，地板擦得很光滑。壁炉上面的墙上挂满缴获的武器，行凶的武器就是墙上挂着的一把匕首，靠窗户放着一张贵重的写字台，屋里的一切摆设如油画、小地毯、墙上的装饰品无不显得精美而豪华。

雷斯垂德问：“看到巴黎的消息了吗？”

福尔摩斯点了点头。

“我们的法国朋友这次似乎抓住了要害，他们说得有道理，当时是弗那依太太敲门。这是意外的来客，因为卢卡斯很少和外界接触，因为卢卡斯不能让她待在街上，所以才开门让她进去。她告诉卢卡斯她一直在找他，并且责备了他。事情总是互相联系着的，匕首挂在墙上，所以，用起来很方便。但是并不是一下就刺死了，你看椅子全倒在一边，而且卢卡斯手里还拿着一把椅子，他想用椅子挡开太太。看来事情已经很清楚了，就像发生在眼前一样。”

福尔摩斯睁大了眼睛看着雷斯垂德：“你为什么还要找我呢？”

“啊，那是另外一回事，这是一件小事，但是你会感兴趣的，因为它很奇怪，正像你所说的是反常的。这和主要事实无关，至少从表面看来无关。”

“那么，到底是怎么一回事？”

“你知道，这一类案件发生以后，我们总是小心翼翼地保护现场，派人日夜看守，不准动任何东西，也确实没有人动过什么东西。今天上午我们把这个人埋葬了，调查也进行完了，所以我们想到屋子也要打扫一下。这块地毯没有固定在地板上，只是摆在那里。我们碰巧掀了一下地毯，发现……”

“什么？你发现……”福尔摩斯的面部表情由于焦急而显得有些紧张。

“我敢说一百年你也猜不出我们发现了什么。你看见地毯上的那块血迹了吗？大部分血迹已经浸透过地毯了吧？”

“应该是这样。”

“可是白色的地板上相应的地方却没有血迹，对这一点你不感到很奇怪吗？”

“没有血迹！可是，一定——”

“尽管你说一定应该有，可事实上就是没有。”

他握住地毯的一角，一下子翻了过来，以便证实他所说的。

“不，地毯下面和上面的血迹是同样的，一定会留有痕迹。”

雷斯垂德弄得这位著名的侦探迷惑不解，因而高兴得咯咯地笑了起来：“现在我来给你看谜底。是有第二块血迹，但是和第一块位置不一样。你可以看得很清楚。”

他一面说着一面把地毯的另一角掀开，立刻，这一块洁白的地板上露出一片紫红色的血迹。

“福尔摩斯先生，你看这是怎么一回事呢？”

“很简单，这两块血迹本来是一致的，但是有人转动了地毯。地毯是方形的，而且没有钉住，所以容易移动。”

“福尔摩斯先生，我们警察不需要你告诉我们地毯一定转动过了，这是很明显的，因为地毯上的血迹是应该正好盖住地板上的血迹。我要知道的是，谁移动了地毯，为什么？”

我从福尔摩斯呆滞的神情上看出他内心十分激动。

过了一会儿，他问道："雷斯垂德，门口的那个警察是不是一直看守着这个现场呢？"

"是的。"

"请按照我的意见做，你仔细盘问他一下。不过，不要当着我们的面。把他带到后面的屋里，你单独和他谈，他也许会承认。问问他为什么居然敢让别人进来，而且还把那个人单独留在屋里。不要问他是不是让人进来了，你就说你知道有人进来过，逼问他，告诉他只有坦白才有可能得到谅解。一定要按照我说的去做！"

雷斯垂德走了，福尔摩斯这才欢喜若狂地对我说："华生，你瞧吧！"

他掩饰不住内心的激动，精神大振，一反刚才平静的神态。他迅捷地拉开地毯，立即匍匐在地板上，并且试图抓起地板的每块方木板。他用指甲不断地掀着木板，忽然，有一块木板活动了。它像箱子盖一样，从有活页的地方向上翻起。下面有一个小黑洞，福尔摩斯急忙把手伸进去，但是，抽回手时，他又生气又失望地哼了一声。洞里是空的。

"快，华生，快，把地毯放好！"刚刚扣上那块木板，并把地毯放好，便听见了雷斯垂德在过道里的说话声音。他看见福尔摩斯懒散地靠着壁炉架，无所事事，显得很有耐心，一边用手遮住嘴，打着呵欠。

"福尔摩斯先生，对不起，让你久等了。恐怕你会不耐烦了吧？他已经承认了。麦克弗逊到这儿来，让这两位先生听听你办的好事。"

那个高个子警察，羞得满脸通红，一脸后悔的样子，悄悄溜进屋来。

"先生，我确实是没想做坏事。一位年轻的妇女，昨天晚上走到大门前，她弄错了门牌号码，我们就谈了起来。一个人整天在这儿守着，实在很寂寞。"

"那么，后来怎样呢？"

"她想看看在什么地方发生的凶杀。她说她在报上看到了。她是个很体面又很会说话的女人。我想，让她看看没有什么关系。她一看见地毯上的血迹，立刻就跌倒在地板上，躺在那儿像死了一样。我跑到后面弄了点水来，但还是没能让她醒过来。我就到拐角的'常春藤商店'买了一点白兰地，可是等我拿回白兰地以后，这位妇女已经醒过来，并且走掉了。我想她可能是感到不好意思，不愿意再见我。”

“那块地毯怎么会移动了呢？”

“我回来的时候，地毯是弄得有些不平了。你想，她倒在地毯上，而地毯贴着光滑的地板又没有固定住。后来我就把地毯摆好。”

雷斯垂德严肃地说：“麦克弗逊，这是个教训，你欺骗不了我。你一定认为你玩忽职守不会被发现，可是我一看到地毯，马上就知道有人到屋里来过了。没丢什么东西，这是你的运气，不然的话，你少不了要吃点苦头的。福尔摩斯先生，为了这样一件小事，把你请来，真是对不起。不过，我以为两块血迹不在一起或许会使你感兴趣。”

“不错，我很感兴趣。麦克弗逊，这位妇女只来过一次吗？”

“是的，只来过一次。”

“她是谁？”

“我不知道她的名字。她看了广告要应聘去打字的，走错了门，一位很温柔很和蔼的年轻妇女。”

“个子高吗？漂亮吗？”

“一点不错，她是个长得很好看的年轻妇女，可以说是漂亮的。也许有人要说她很漂亮。她说：‘警官，请让我看一眼！’她有办法，会哄人。我本来想让她只从窗户探头看看，那是没有什么关系的。”

“她打扮得怎么样？”

“很素雅，穿着一件拖到脚面的长袍。”

“在什么时间？”

“天刚刚黑。我买白兰地回来的时候，人们都在点灯。”

福尔摩斯说：“很好。走吧，华生，我们还要到别处去，有一件很重要的事情。”

我们离开这栋房子的时候，雷斯垂德仍然留在前面的屋子里，那位悔过的警察给我们开了门。福尔摩斯走到台阶上，转过身来，手里还拿着一件东西。这位警察目不转睛地凝视着，脸上露出吃惊的样子，喊道："天啊！"

福尔摩斯把食指贴在嘴唇上，表示不让警察说话，然后又伸手把这件东西放进胸前的口袋里，得意扬扬地走到街上，这时他放声笑了。他说："妙极了！我的朋友，你瞧吧，最后一场的幕布已经拉开了。你放心，不会有战争，候普先生的光辉前程不会受到挫折，那位不慎重的君主不会因为这封信受到惩罚，首相不必担心欧洲情况会复杂化。只要我们用一点策略，谁也不会因为这件不幸的大事而倒霉。"

我心中对于这样一位特殊人物感到十分羡慕，我不禁喊道："你把问题解决了？"

"华生，还不能这样说，还有几点疑问仍像以前一样没有弄清。但是我们了解的情况已经够多的了，如果还是弄不清其他的问题，那是我们自己的过失。现在我们直接去白厅住宅街，把事情结束一下。"

当我们来到欧洲事务大臣官邸的时候，福尔摩斯要找的却是希尔达·崔洛尼·候普夫人。我们走进了上午用的起居室。

这位夫人愤懑地红着脸说："福尔摩斯先生，你实在太不公平，太不宽厚了！我已经解释过了。我希望我到你那儿去的事要保密，免得我丈夫说我干涉他的事情。可是你却到这里来，借此表示你和我有事务联系，有意损害我的名声。"

"夫人，不幸的是，我没有别的办法。我既然受托找回这件非常重要的信件，只能请求你把信交到我手中。"

这位夫人突然站了起来，她美丽而丰润的脸骤然变了颜色。她的眼睛凝视着前方，身体摇晃起来，我以为她要晕倒。她强打精神，竭力使自己保持镇定，她脸上各种复杂的表情，一时完全被强烈的愤懑和惊异所掩盖住了。

"福尔摩斯先生，你——你侮辱我！"

"夫人，请冷静一点，这些手法没有用，你还是交出信来。"

她向呼唤仆人的手铃那儿奔去："一会儿管家会请你们出去的。"

"夫人，不必摇铃。如果你摇铃，我为了避免流言所做的一切诚恳的努力将会前功尽弃。你交出信来，一切都会好转。如果你和我合作，我可以把一切都安排好。如果你与我为敌，那么我就要揭发你。"

她无所畏惧地站在那儿，显得非常威严。她的眼睛盯着福尔摩斯的眼睛，好像是要把福尔摩斯看透似的。她的手放在手铃上，但是她克制住自己没有摇。

"你想要吓唬我，福尔摩斯先生。你到这里来威胁一个妇女，这不是大丈夫应该做的事。你说你了解一些情况，你了解的是什么呢？"

"夫人，请你先坐下。你如果摔倒会伤了自己的。你不坐下，我不讲话。"

"福尔摩斯先生，我给你五分钟。"

"夫人，一分钟就够了。我知道，你去过艾秋阿多·卢卡斯那儿，你给了他一封信；我也知道，昨天晚上你又巧妙地去过那间屋子；我还知道，你怎样从地毯下面隐蔽的地方取出这封信。"

她凝视着福尔摩斯，脸色灰白，有两次她气喘吁吁，欲言又止。过了一会儿，她大声说："你疯了，福尔摩斯先生，你疯了！"

福尔摩斯从口袋中取出一小块硬纸片。这是从相片上剪下来的面孔部分。

福尔摩斯说："我一直带着这个，因为我想也许有用。那个警察已经认出这张照片了。"

她喘了一口气，回身靠在椅子上。

"夫人，信在你的手中，事情还来得及纠正。我不想给你找麻烦。我把这封丢失的信还给你丈夫，我的责任就完成了。希望你接受我的意见，并且对我要讲实话。这是你最后的机会。"

她的勇气实在令人赞叹。事已至此，她还不想承认失败："福尔摩斯先生，我再和你说一遍，你简直是荒谬极了。"

福尔摩斯从椅子上站起来："希尔达夫人，我为你感到遗憾。我为你尽了最大的努力，这一切全白费了。"

福尔摩斯摇了一下铃。管家走了进来。

"崔洛尼·候普先生在家吗？"

"先生，他十二点三刻回到家来。"

福尔摩斯看了看他的表说："还有一刻钟，我要等候他。"

管家刚一走出屋门，候普夫人便跪倒在福尔摩斯脚下，她摊开两手，仰头看着福尔摩斯，眼里满含泪水。

她苦苦地哀求说："饶恕我吧，福尔摩斯先生，饶恕我吧！看在上帝的面上，不要告诉我的丈夫！我多么爱他啊！我不愿意让他心里有一点不愉快的事情，可是这件事会伤透他的心的。"

福尔摩斯扶起这位夫人说："太好了，夫人，你终于明白过来了。时间已经很紧迫了。信在哪儿？"

她急忙走到一个写字台旁，拿出钥匙开开抽屉，取出一封信，信封很长，颜色是蓝的。

"福尔摩斯先生，信在这儿，我发誓没有拆开过。"

福尔摩斯咕哝着说："怎样把信放回去呢？快，快，我们一定要想个办法！文件箱在哪儿？"

"仍然在他的卧室里。"

"多么幸运啊！夫人，快把箱子拿到这儿来！"

过了一会儿，她手里拿着一个红色的扁箱子走来。

"你以前怎样打开的？你另外配了一把钥匙？是的，当然是。开开箱子！"

候普夫人从怀里拿出一把小钥匙，箱子开了，里面塞满文件。福尔摩斯把这封信塞到靠下面的一个文件里，夹在两页之间。关上了箱子，锁好之后，让候普夫人又把它送回卧室。

福尔摩斯说："现在一切就绪，只需要等候你的丈夫了。还有十分钟。候普夫人，我出了很大的气力来保护你，你应该用这十分钟坦率地告诉我，你干这种不寻常的事的真正目的是什么。"

这位夫人大声地说："福尔摩斯先生，我把一切全告诉你。我宁愿把我的右手切断，也不愿意让我丈夫有片刻的烦恼！恐怕整个伦敦再不会有一个女人像我这样爱自己的丈夫了。可是，如果他知道了我所做的一切，尽管我是被迫的，他也决不会原谅我的。因为他非常重视他的名望，所以他不会忘记或是原谅别人的过失的。福尔摩斯先生，你一定要搭救我！我的幸福，他的幸福，以及我们的生命全都受到了威胁！"

"夫人，快讲，时间很短了！"

"先生，问题出在我的一封信上，我结婚前写的一封不慎重的信，愚蠢的信，是在我的感情一时冲动下写的。我的信没有恶意，可是我丈夫会认为这是犯罪。他如果读了这封信，便再也不会信任我了。我曾经想把这件事忘掉。可是后来卢卡斯这个家伙写信告诉我，信在他的手中，并且要交给我的丈夫。我恳求他宽大为怀，他说只要我从我丈夫的文件箱里把他要的文件拿给他，他便可以把信还给我。我丈夫的办公室里有间谍，告诉了卢卡斯有这样一封信。他向我保证我丈夫不会因此受到损害。福尔摩斯先生，你设身处地地想一想，我应该怎么办呢？"

"把一切都告诉你丈夫。"

“不行，福尔摩斯先生，不行！一方面是导致幸福的毁灭，另一方面是件非常可怕的事，去拿我丈夫的文件。可是，在政治问题上我不知道会有什么后果，而爱情和信任的重要性我是十分理解的。福尔摩斯先生，我拿了文件！我盗取了钥匙。卢卡斯给我配了一把。我打开文件箱，取出文件并且送到高道尔芬街。”

“到那儿后你怎么做的？”

“我按照约定的方式敲门，他开了门，我随他走进屋中，可是大厅的门我没有关严，因为我怕和这个人单独在一起。我记得我进去的时候，外面有一个妇女。我们的事情很快办完了。我的那封信摆在他的桌子上。我把文件交给了他，他还给了我那封信。正在这时候，房门那里有声音，又听见门道有脚步声，卢卡斯赶忙掀起地毯，把文件塞到地板上一个藏东西的地方，然后又盖上地毯。

“这以后的事简直像是个噩梦。我看到一个妇女，黑黝黝的面孔，神色癫狂，还听到她讲话的声音。她讲的是法语，她说：‘我没有白等，终于让我发现了你和她在一起！’他二人很凶狠地搏斗起来。卢卡斯手里拿着一把椅子，那个妇女手中有把闪亮的刀子。当时的场面可怕极了，我立即冲出屋子去，离开了那栋房子。第二天早上我便在报纸上看到了卢卡斯被杀死的消息。那天晚上我很高兴，因为我拿回了我的信。可是我没有想到这会带来什么后果。

“只是第二天早上我才明白，我不过用新的苦恼替代了旧的。我丈夫失去文件后的焦虑，使我心神不安。我当时几乎就要跪倒在他脚下，向他讲清是我拿的文件。可是这意味着我要说出过去的事。我那天早上到你那儿去，是想弄清我犯的错误的严重性。从我拿走文件那一刻起，我就一直想怎样把文件弄回来。要不是卢卡斯当时藏起了那封信，我也就不会知道信藏在什么地方。我怎样走进屋子呢？我接连两天去看了那个地方，可是门总是关着。昨天晚上我做了最后一次，尝试。我怎么拿到的，你已经听说过了。我把文件带回来，想要销毁，因为我没有办法还给我丈夫这个文件而又不必承认错误。天啊，我听到他在楼梯上的脚步声了！”

这位欧洲事务大臣激动地冲进屋内说：“有什么消息，福尔摩斯先生，有什么消息？”

“有点希望。”

他的脸上露出惊喜的神情：“谢谢上帝！首相正来和我一起吃午饭。他可以来听听吧？他的神经是非常坚强的，可是我知道自从出了这件事以后，他几乎没有睡过觉。雅可布，你把首相请到楼上来。亲爱的，我想这是一件政治上的事情，过几分钟我们就到餐厅和你一起吃午饭。”

首相的举止是镇静的，但是从他激动的目光和不停地颤动着的大手上，我知道他也像他的年轻同事一样十分激动。

“福尔摩斯先生，我听说你有好消息？”

我的朋友回答：“到目前为止，还是没有弄清。可能失落文件的地方，我全调查过了，没有找到，但是我敢肯定不必担心有危险。”

“福尔摩斯先生，那是不行的。我们不能永远生活在火山顶上。我们一定要把事情弄个水落石出才行。”

“有找到文件的希望，所以我才来到这里。我越想越觉得文件不会离开你的家。”

“福尔摩斯先生！”

“如果文件拿出去了，现在一定已经公布了。”

“会有人拿走文件，而只是为了要藏在他家里的吗？”

“我不相信有人把信拿走了。”

“那么信怎么会不在文件箱里呢？”

“我也不认为文件会离开了文件箱。”

“福尔摩斯先生，开这个玩笑是不合时宜的，我保证信是不在箱子里。”

“自从星期二早晨以来，你又检查过箱子吗？”

“没有，这不需要。”

“你有没有想到你可能疏忽了呢？”

“这是不可能的。”

“我不是说一定如此，但是我知道发生过这样的事。我想箱子里还有别的文件，可能同别的文件混在一起了。”

“这个文件放在上面。”

“可能有人晃动了箱子，弄乱了。”

“不，不，我曾经把东西全拿了出来。”

首相说：“候普先生，这很好办。我们把文件箱拿到这里来。”

候普先生摇了摇铃：“雅可布，把文件箱拿来。这太可笑了，这是浪费时间，不过我说不服你，只好这样办。谢谢你，雅可布，放在这儿。钥匙一直在我的表链上。你看这些文件。麦罗勋爵的来信，查理·哈代爵士的报告，贝尔格莱德的备忘录，关于俄一德粮食税问题的记录，马德里来的一封信，弗洛尔爵士的信——天啊！这是什么！倍棱格勋爵，倍棱格勋爵！”

首相从他手中急切地拿过去那封蓝色的信：“是的，正是这封。信没有动过！候普，我祝贺你。”

“谢谢你，谢谢你！我心里真是一块石头落了地。可是这是不可想象的——不可能的。福尔摩斯先生，你是个巫师，是个魔术家！你怎么会知道信还在这里？”

“因为我知道信不在别处。”

“我简直不能相信我的眼睛了！”他急速地走到门旁，“我的妻子在哪儿呢？我要告诉她事情顺利结束了。希尔达！希尔达！”

我们听到他在楼梯上呼喊的声音。

首相望着福尔摩斯，眼球骨碌碌地转着：“先生，这里面一定有什么问题。文件怎么会又回到箱子里了呢？”

福尔摩斯笑着避开了那一对好奇的眼睛：“我们也有我们的外交秘密。”

他一面说着，一面拿起帽子，转身向屋门走去。

（欧阳达译）